9898

Über die Autorin:

Julie Briac, geboren 1977, liebt Frankreich von der rauhen Küste der Bretagne bis hin zu den nebelverhangenen Bergen der Pyrenäen und von den Lagunen der Camargue bis zu den Lavendelfeldern der Provence. Dieses Land bietet alles: Genuss, Leidenschaft, Weite, aber auch Geselligkeit. Julie Briac erkundet jeden Winkel. Auf ihren Wegen quer durchs Land lauscht sie den Stimmen, den Geschichten und dem Leben der Einheimischen, und abends, am liebsten bei einem Glas Rotwein, formen sich ihre Geschichten daraus.

JULIE BRIAC

Château de Mérival

Der Geschmack der Leidenschaft

Roman

Besuchen Sie uns im Internet:
www.knaur.de

Originalausgabe Mai 2017
Knaur Taschenbuch
© 2017 Knaur Verlag
Ein Imprint der Verlagsgruppe
Droemer Knaur GmbH & Co. KG, München
Redaktion: Dr. Gisela Menza
Alle Rechte vorbehalten. Das Werk darf – auch teilweise –
nur mit Genehmigung des Verlags wiedergegeben werden.
Umschlaggestaltung: ZERO Werbeagentur, München
Umschlagabbildung: FinePic®, München/shutterstock
Illustration im Innenteil: Guz Anna/shutterstock.com
Satz: Daniela Schulz, Puchheim
Druck und Bindung: CPI books GmbH, Leck
ISBN 978-3-426-51981-3

2 4 5 3 1

Prolog

FRANKREICH – HALBINSEL MÉDOC – CHÂTEAU DE MÉRIVAL

Verdammt!« Robert legte das Fax, welches sich soeben aus dem Gerät geschoben hatte, auf seinen Schreibtisch. Das fehlte ihm jetzt noch. Die wenigen Sätze darauf hatten gereicht, um ihm den Tag zu ruinieren. Resigniert fuhr er sich mit beiden Händen über das Gesicht und ließ seinen Bürostuhl nach hinten kippen. Sein Blick fiel auf das gerahmte Bild seines Vaters auf dem Kaminsims. Ein schmerzhafter Stich durchfuhr ihn. Er senkte den Blick auf das Holz des Schreibtisches und fuhr zaghaft mit den Fingern über die grobe Maserung. Der Tisch war vor vielen Jahrzehnten aus dem Stamm einer Strandkiefer gefertigt worden. Einem Baum, der zuvor lange Zeit in den Wäldern des Médoc gestanden hatte, Wälder, die das fruchtbare Land von der Küste abschirmten. Einst hatte dort dieser Baum die Wurzeln tief im Boden verankert. In der wellenförmigen Maserung spiegelte sich der Lauf der Zeit – trockene, heiße Sommer, tobende Atlantikstürme in den Wintern, aber auch viele sanfte, feine Linien, die davon sprachen, wie schön das Leben in diesem Landstrich sein konnte. Robert war wie einer der Bäume im Wald des Médoc, tief verwurzelt, doch musste auch er so manchem Sturm standhalten.

»Verdammt«, wiederholte er, stand auf und drehte sich zum Fenster. Seine Augen wanderten über die sanft geschwungenen Hügel, welche das Château umschlossen, Hügel, auf denen seine Familie seit vielen Jahrhunderten Wein anbaute. Die Rebstöcke zogen sich von dem goldglänzenden, aus Sandstein gebauten Gutshaus in schnurgeraden Linien bis zum Horizont. Eigentlich war jetzt, Ende Mai, die schönste Zeit auf dem Château. Der Wein stand im satten Grün, bevor er zum Sommer seine ganze Kraft in die saftigen Trauben stecken würde.

Sein Vater hatte das Château wie einen Schatz gehütet. Das große Haupthaus mit seinen Türmchen, Erkern und unzähligen Zimmern, in denen der Dielenboden knarzend alte Geschichten erzählte, wenn man darüberlief, und in denen so manches Möbelstück stand, welches so alt war, dass sich niemand mehr daran erinnern konnte, wie es in diese Mauern gelangt war.

Die Weinkeller schlossen linksseitig an das Haus an. Der feinsanfte Geruch des gepressten Safts hatte sich über die Jahrhunderte auf das ganze Château gelegt und vermischte sich zu dieser Jahreszeit mit dem süßblumigen Duft der Rosen. Oben die Kelterei, darunter in den Gewölben die jahrhundertealten Fässer, welche mit dazu beitrugen, dass der Traubensaft seine ganz spezielle Note erhielt. Dort lagerten sicher verwahrt noch alte Weine, die sich in jungen Jahren eher verschlossen zeigten, dann aber mit zunehmendem Alter ihre volle Eleganz in einem komplexen Bukett ausspielten. Wein brauchte Zeit und Geduld. Ob erdig oder fruchtig, die Noten, die der Boden und die Luft des oberen Médoc an die Trauben weitergaben, waren weltweit berühmt. Das Château de Mérival trug seit 1855 die Auszeichnung der Grand Cru Classé, und dieser galt es Jahr um Jahr wieder gerecht zu werden.

Rechts vom Haus lagen die Pferdeställe, in denen es nach Heu und Luzerne duftete, leises Wiehern den Besucher empfing und immer ein paar weiche Nüstern einem sanft ins Gesicht bliesen. Robert liebte jeden Winkel dieses Châteaus. Jetzt im Frühsommer erblühte der Park hinter dem Haupthaus in den prächtigsten Farben, unzählige Rosenstöcke ließen ihre dicken Blüten vom sanften Wind wiegen, und auf den Koppeln unterhalb der Weinstöcke grasten die Stuten mit den neugeborenen Fohlen. Sein Vater hatte die Tradition des Châteaus ebenso gehegt und gepflegt wie seine Vorfahren – Pferdezucht und Wein, wobei dem Wein natürlich mehr Gewicht zukam und die Pferde eher eine Liebhaberei waren. Fuhr man von der Straße die lange mit weißem Kies bedeckte Einfahrt entlang auf das Haupthaus zu, welches mit seinen weißen Fensterläden den Ankommenden herzlich in Empfang zu nehmen schien, kam man in eine Welt, die sich seit Jahrhunderten kaum verändert hatte. Hier tickten die Uhren anders, hier verging die Zeit langsamer.

Doch dann hatte sich von einem Tag auf den anderen alles verändert. Was damals genau geschehen war, wusste allerdings niemand. Roberts Vater, Bernhard Chevalier, war auf dem Weg nach Soulac-sur-Mer gewesen, um sich dort mit einem Kunden zu treffen. Es war ein warmer, freundlicher Tag gewesen. Robert war am Nachmittag noch bis zum Strand geritten. Dies lag ziemlich genau vier Jahre zurück. Man hatte den Wagen von Bernhard Chevalier bei Anbruch der Dunkelheit auf einem Parkplatz auf halber Strecke gefunden. Er hatte ganz friedlich im Auto gesessen, als würde er nur eine Pause machen. Tot. Einfach so. Ein Herzinfarkt sei es gewesen, hieß es später. Zwei Beamte hatten noch am Abend geklingelt und die tragische Nachricht überbracht. Roberts Mutter Catherine beharrte auf einer Verwechslung. Mit ihrer stoisch strengen Art fuhr sie die Beamten an, als könnte sie mit dem Befehl, dass dies nicht sein dürfte, etwas ändern. Doch es änderte nichts.

Als die Schockstarre über dieses Unglück nach einigen Tagen von Robert abgefallen war, wurde ihm bewusst, was dies bedeutete: Als ältester Sohn war nun er Herr über das Château de Mérival.

Es hatte außer Frage gestanden, dass ihm diese Aufgabe eines Tages einmal übertragen würde, doch es war einfach zu früh. Er war doch gerade mal Mitte dreißig. Natürlich arbeitete er seit dem Studium im Betrieb mit, er kannte alle Abläufe und alle Tätigkeiten, war dort hineingewachsen, aber es hatte noch zwanzig Jahre länger und auch zwanzig Jahre mehr Erfahrung dauern sollen, bis er das Château übertragen bekam. Er hatte sich einst vorgestellt, wie sein Vater, in Würde gealtert, ihm den Betrieb vertrauensvoll übergeben würde. Nie wäre es ihm in den Sinn gekommen, dass ein Satz des Familienanwalts dies einmal kurz und bündig und ein wenig schmucklos abhandeln würde: »Wir müssen noch deinen Namen als den des neuen Geschäftsführers eintragen lassen, Robert.« Es war vier Tage nach der Beerdigung gewesen. Mit dieser einen Unterschrift lasteten plötzlich vierhundertfünfzig Jahre Familiengeschichte auf seinen Schultern. Und wenn er das verbockte? Wenn er es nicht schaffte, das Château de Mérival auch an die nächste Generation weiterzugeben? Wenn er es in den Ruin manövrierte?

Das Fax, welches ihn eben erreicht hatte, gab womöglich seinen Teil dazu. Der Blick seines Vaters von der Fotografie auf dem Kaminsims schien ihm auch heute wieder eindringlich zuzurufen: »Du trägst Verantwortung, Sohn!«

Die Tür zu Roberts Arbeitszimmer wurde aufgestoßen. Robert wirbelte erschrocken herum. Isabel war hereingekommen.

»Kannst du nicht anklopfen!«, fuhr er sie an.

Isabel hob entschuldigend ihre Hände. Die porzellanfarbene Haut ihres Gesichts bekam kurz einen roten Hauch. »Verzeih! Hat der Herr heute schlechte Laune? Papa kommt nachher auf eine Runde Boule. Kommst du dann raus in den Park?«

Dies war keine Bitte. Robert kannte Isabel, immerhin waren sie so gut wie verlobt. Es war eine Aufforderung.

Man durfte sich von ihrem zarten Äußeren und ihrem mädchenhaften Auftreten nicht täuschen lassen.

»Ich muss noch arbeiten.«

»Papa würde sich freuen, dich zu sehen. Er wollte mit dir noch über die Ferienanlage sprechen.«

Robert musste sich zusammenreißen, sie nicht wieder barsch anzufahren. »Ich schaue, ob ich es zeitlich einrichten kann. Es wäre einfacher, wenn du mich jetzt arbeiten lassen würdest«, entgegnete er mit zusammengebissenen Zähnen und setzte sich an seinen Schreibtisch.

»Ja, ist ja gut. Deine Laune ist heute wohl wirklich nicht die beste.« Isabel drehte sich um und stolzierte aus dem Raum. Die Tür ließ sie etwas zu forsch zufallen.

Robert stützte den Kopf in seine Handflächen und fixierte das Fax. »Merde!«, fluchte er nochmals leise. Warum passierte es gerade zu seiner Zeit, dass es auf dem Château einschneidender Veränderungen bedurfte? Warum musste er jetzt diese Entscheidungen treffen?

Er drehte seinen Schreibtischstuhl zum Fenster. Große weiße Wolken ließen Schatten auf das Land fallen. Hinter den Weinbergen, auf der nächsten Hügelkuppe, schimmerte kurz ein rotes Dach auf, um dann wieder mit einem Schatten verdunkelt zu werden. Dort hinten, am Ende seines Besitzes, lag die Domaine Levall, und der Ursprung allen derzeitigen Übels. Warum konnte sein Nachbar nicht einfach vernünftig sein?

Robert seufzte und drehte sich wieder zum Schreibtisch. Isabels Vater war der Letzte, den er heute gebrauchen konnte. Pierre Mergot war zwar seit langem ein guter

Freund der Familie und ein wichtiger Geschäftspartner, aber dieses Fax würde auch seine Pläne durchkreuzen. Und darüber würde er sich nicht freuen. Isabel hätte dann am Nachmittag wohl zwei übellaunige Männer beim Boule-Spiel.

1

Nun schau nicht so, Cora.« Ivy zog ihre Jacke enger um die Schultern. Der Wind pfiff heute besonders streng durch die Straßen von London. Von Frühsommer war noch nicht viel zu spüren.

Cora schnaubte und blieb vor der gläsernen Eingangstür des Restaurants stehen. »Du hast deinen Job ja auch nicht verloren.« Sie blickte auf ihr Spiegelbild und strich sich eine blonde Haarsträhne hinter das linke Ohr. Besonders frisch sah sie heute nicht aus. Sie hatte sich wenig Mühe gegeben, dieser Abend brauchte sicher kein schickes Styling. Dieser Abend war der Anfang vom Ende. Hätte Ivy nicht so gedrängt, wäre sie wohl gar nicht gekommen.

Ivy verzog das Gesicht. »Ich bin auch nur eine Bürokraft. Du aber bist eine gute Redakteurin. Dir stehen doch alle Türen offen, du kannst Karriere machen.«

»O ja, mein Telefon steht kaum still.«

»So richtig bemüht hast du dich ja auch noch nicht.«

Cora warf Ivy einen bösen Blick zu. »Ja, streu ruhig Salz in die Wunde.«

Ivy zuckte mit den Schultern, warf ebenfalls einen Blick

auf ihr Spiegelbild und griff dann entschlossen nach der Türklinke. »Reden wir heute nicht mehr drüber.«

Cora folgte Ivy missmutig in das Innere des Restaurants. Ihr Chef, besser gesagt ihr Exchef, hatte alle Mitarbeiter und *ehemaligen* Mitarbeiter – Cora spürte schon wieder, wie sich in ihrem Bauch die Wut zusammenballte – zu einem Abschiedsabend geladen. Als gäbe es was zu feiern! Sie hatte nichts zu feiern, sie hatte ihren Job verloren. Den Job, für den sie die letzten zehn Jahre geackert hatte wie ein Pferd. Und jetzt? Der *East London Guardian* war von einer großen Wochenzeitung aufgekauft worden. Diese hatte gleich die Redaktion durchgeputzt und eilig ihre eigenen Leute eingesetzt. Nur der Chef, Ivy als Buchhalterin und die zwei Tagesredakteure durften bleiben. Cora, die sich in der Sparte Szene und Kultur etabliert hatte, wurde ebenso gekürzt wie Michael vom Sport, Lea von den Familienseiten und einige andere.

Ivy ging durch den Gastraum auf eine Treppe zu. Aus dem Untergeschoss drang bereits fröhliches Gelächter. Cora verspürte den Wunsch, umzudrehen und einfach nach Hause zu gehen. Ivy, die Cora seit ihrem ersten Tag beim *East London Guardian* kannte und ihr eine gute Freundin geworden war, ahnte wohl, was diese dachte, denn sie packte sie am Arm und zog sie mit sich. »Wir werden heute Abend Spaß haben, komm jetzt. Die anderen kommen damit auch zurecht. Trübsal blasen kannst du ab morgen.«

Ja, dachte Cora, ab morgen kann ich einfach im Bett liegen bleiben. Mal gucken, wann mich jemand vermisst.

Sie seufzte leise und stieg hinter Ivy die steinernen Stufen hinab.

Dinner mit Weinprobe. Cora hätte sich keine bessere Henkersmahlzeit für diesen Abend ausdenken können. Sie hasste Wein und trank ihn zumeist erst, wenn es wirklich gar nichts anderes mehr gab, am besten, wenn sie schon betrunken genug und ihr der Geschmack egal war. Sie musste auf die Stufen achten. »Könnte man auch mal besser beleuchten, diesen Keller«, schimpfte sie leise.

Ivy reagierte nicht und ging einfach weiter.

Das Untergeschoss des Restaurants war in der Tat aufgemacht wie ein alter Weinkeller – Naturstein an der Wand und auf dem Boden, an den Wänden urige Holzfässer aufgereiht, davor locker verteilt einige Stehtische, in der Mitte eine lange Tafel. Ivy und Cora waren die Letzten, ihre Kollegen saßen bereits am Tisch.

»Setzt euch!« Bug Davis, der Redaktionschef, thronte am Kopf des wuchtigen Holztisches und hob kurz sein Glas. Seine Wangen glänzten rötlich, und seine Stimme verriet, dass er wohl schon vor dem Dinner mit der Weinverkostung begonnen hatte.

Ivy bugsierte Cora zu einem freien Stuhl und nickte ihr mehr befehlend als wohlwollend zu. Sie schien immer noch Angst zu haben, ihre Freundin könnte auf dem Absatz kehrtmachen und den Abend beenden, bevor er angefangen hatte. Cora setzte sich brav an den Tisch. Was sollte es schaden? Zumindest würde sie sich noch auf Kosten von Bug Davis oder wem auch immer eine warme Mahlzeit leisten können. Ihr Magen knurrte vorwurfsvoll. In den letzten Tagen hatte sie sich zu sehr geärgert, um ihn mit vollwertigen Mahlzeiten zu bedienen.

Nach dem Essen – Cora musste eingestehen, dass es nicht schlecht gewesen war und sich ihre Laune zumindest ein Fünkchen gebessert hatte – erhob Bug nochmals sein Glas.

»Freunde, ich hoffe, ihr werdet noch einen schönen Abend haben. Ich übergebe euch nun in die Obhut von Monsieur Levall.«

Cora, die noch mit dem Schokotörtchen des Desserts beschäftigt war, schaute erst auf, als Ivys Ellbogen unsanft in ihrer Seite landete, und folgte dann dem Blick ihrer Freundin.

Jemand hatte auf den Stehtischen vor den Weinfässern unzählige Flaschen aufgestellt. Cora hatte das nicht mitbekommen, wahrscheinlich, weil Bug und Michael beim Essen die ganze Zeit so laut palavert hatten, oder weil sie zu sehr damit beschäftigt gewesen war, vor Selbstmitleid dem ganzen leckeren Zeug zu erliegen.

Ivys Augen waren auf einen Mann neben einem der Stehtische gerichtet. Coras Blick blieb ebenso magisch angezogen an ihm hängen.

»Bonjour, Mesdames et Messieurs. Mein Name ist Pascal Levall, und ich möchte Ihnen heute die Weine meiner Heimatregion Médoc vorstellen.«

Die maskuline Stimme und der starke Akzent des dunkelhaarigen Franzosen jagten Cora unwillkürlich einen Schauer über den Rücken. Hastig senkte sie den Kopf, schlang den Rest des Törtchens runter und verschluckte sich dabei fast.

Ivy kicherte neben ihr. »Oh, jetzt wird der Abend interessant. Da haben sie uns aber einen besonders gut aussehenden … Weinfachmann … geschickt.«

Cora tupfte sich mit der Serviette die Mundwinkel ab. Erst als sie sich sicher war, keine verräterischen Krümel mehr im Gesicht zu haben, hob sie erneut den Kopf. Die anderen gingen bereits zu den aufgebauten Stehtischen hinüber.

»Na komm.« Ivy nickte Cora aufmunternd zu.

»Mesdames.«

Ivy hatte Cora genau zu dem Tisch gelotst, an dem Pascal Levall soeben die erste Flasche Wein entkorkte. Er nickte den beiden Frauen zu, wobei sein Blick einen Moment den von Cora traf. Seine Stimme war nun leiser und noch tiefer. Cora spürte, wie es in ihrer Magengegend kribbelte, und sie musste sich schnell auf etwas anderes konzentrieren, um nicht an seinen braunen Augen hängen zu bleiben. Himmel! Sie versuchte, ihre Atmung zu beruhigen.

Ivy, immer schon deutlich frecher und forscher als Cora, hielt Pascal bereits auffordernd ein Glas hin.

Der Franzose schüttelte den Kopf. »Non, Madame, Sie müssen sich noch etwas gedulden.« Er griff nach einer bauchigen Glaskaraffe und goss mit geübtem Schwung den Wein aus der Flasche in das Gefäß. »Der Wein muss erst …

wie sagt man ... respirer ... atmen.« Er hob kurz die Karaffe an und nickte Ivy und Cora zu. In der dunkelroten Flüssigkeit spiegelten sich tausendfach die kleinen Lampen des Kellerraums.

Cora musste auch atmen. Warum gab es noch nichts zu trinken? Selbst ein Schluck Wein wäre ihr gerade lieber gewesen als das trockene Gefühl in ihrem Mund.

Pascal ging von Tisch zu Tisch und wiederholte das Ritual. Ivy plauderte derweil angeregt mit Lea, die sich zu ihnen gesellt hatte.

Cora folgte Pascal mit ihrem Blick. Er bewegte sich selbstsicher und ging souverän und offen auf seine Gäste zu. Seine Kleidung, eine helle Leinenhose und ein weißes Hemd, war sportlich, aber nicht zu leger für den Abend. Unter dem Stoff des Oberteils zeichneten sich bei einigen Bewegungen seine Schultermuskeln ab – er schien gut gebaut zu sein. Er war ein Stück größer als sie, und sein Teint war sonnengebräunt. Coras Kopf produzierte plötzlich ein Bild, auf dem er mit freiem Oberkörper zwischen Weinreben arbeitete. Sie stöhnte. Drehten ihre Hormone gerade durch? Sie reagierte doch sonst nicht so auf Männer. Meist vermied sie es, überhaupt auf Männer zu reagieren. Sie versuchte sich auf das Gespräch zwischen Ivy und Lea zu konzentrieren.

Nach einer gefühlten Ewigkeit kehrte Pascal an ihren Tisch zurück.

»Mesdames, der Wein ist nun bereit.«

»Wir auch.« Ivy kicherte schon wieder wie eine Dreizehnjährige. Cora hätte sie am liebsten in die Seite gestoßen, verkniff sich dies aber. Pascal trat zwischen Cora und Lea und griff nach der Weinkaraffe. Er sah Cora mit einem fragenden Blick an.

»Ja … bitte.« Cora fühlte sich inzwischen, als hätte sie Sägespäne im Mund, und die unmittelbare Nähe zu diesem faszinierenden Mann verbesserte ihren Zustand nicht gerade.

Er nahm eins der langstieligen Gläser vom Tisch und schenkte zunächst Ivy ein, die schon bettelnd mit der Hand winkte und die Cora deshalb gerade zum Mond wünschte, dann je ein weiteres für Cora und Lea.

Als er Cora das Glas reichte, streiften ihre Finger kurz die seinen. Der Hauch einer Sekunde reichte aus, um ihren Körper wieder reagieren zu lassen. Sie wollte gerade das Glas zu ihren Lippen führen – sie musste etwas trinken, sofort! –, da fing sein Blick den ihren ein.

Fast vorwurfsvoll schüttelte er den Kopf. »Non, Madame!« Er wackelte strafend mit dem Zeigefinger.

Cora stockte in ihrer Bewegung.

Er trat noch einen Schritt näher an sie heran. »Sie trinken nicht oft Wein?«

»Nein.« Cora spürte, wie kleinlaut sich ihre Antwort anhörte, und merkte, wie seine Stimme ihren Herzschlag beeinflusste.

»Ich werde es Ihnen erklären, Madame.« Er hob sein Glas und schwenkte es behutsam, aber mit nachdrücklicher Energie. Der tiefrote Wein begann darin zu kreisen. »Schauen Sie, als Erstes beurteilt man la gravité, die Schwere. Sehen Sie, wie der Wein am Glas entlangläuft?«

Cora wurde etwas schwindlig von den kreisenden Bewegungen des Getränks. In dunkelroten Schlieren floss der Wein fast wie Sirup am Glas entlang.

»Dies ist ein recht schwerer Wein.« Er sah Cora tief in die Augen. »Eigentlich nicht das Richtige für den heutigen Abend, aber genau passend, um in jemandem die Leidenschaft für Wein zu entfachen.«

Coras Knie wurden weich. Sie klammerte sich mit einer Hand an den Stehtisch.

»Dann lässt man ihn zur Ruhe kommen.« Pascal hielt das Glas still, der Wein beruhigte sich.

Coras Atmung nicht.

»Nun schaut man sich den Wein ganz genau an.« Er hielt das Glas zwischen sich und Cora. »Welche Farbe hat der Wein?«

»Rot?« Cora lächelte kurz verlegen.

»Non, schauen Sie genau hin, der ist nicht einfach … rot. Da ist ein bisschen Violett … et de pourpre … und ein bisschen Schwarz.«

Cora sah nichts, nickte aber, als würde sie verstehen. Aus den Augenwinkeln bemerkte sie, dass die anderen inzwischen genüsslich an ihren Gläsern nippten. Pascal war aber noch nicht fertig mit seiner Erklärung.

»Jetzt kommt das Schönste.« Er nahm das Glas wieder herab und schaute über den Rand hin in Coras Augen. »Jetzt müssen Sie riechen.« Er schwenkte den Wein nochmals und hielt Cora das Glas unter die Nase. Es roch nach Wein … etwas fruchtiger vielleicht als die Weine vom Pizzadienst. Cora behielt ihr Urteil lieber für sich. »Riechen

20

Sie etwas? Non?« Er roch selbst an dem Glas. »Schließen Sie die Augen.«

Cora tat, wie ihr geheißen, musste sich aber mit einer Hand immer noch an dem Stehtisch festhalten. Der Schwindel war wieder da.

»Jetzt riechen Sie noch einmal. Wissen Sie, was ich rieche?«

Erneut strich ihr ein Hauch des Weingeruchs unter die Nase. Sie verlor sich im Klang seiner Stimme, die jetzt noch dichter an sie herangerückt zu sein schien.

»Ich rieche das Meer, die salzige Luft des Médoc, die auf den warmen Sommerwind des Landes trifft, wenn er gerade über die reifen Weizenfelder gestrichen hat. Ich rieche die schwere Erde des Flussufers, die Blumen in den Gärten der Châteaus, ich rieche das gemähte Gras zwischen den Rebstöcken. Dies ist ein Cabernet Sauvignon. Eigentlich die berühmteste Weinsorte, aber erst unser Boden und das Land geben ihm seine individuelle Note, die ihn zu einem der Besten macht.«

In Coras Kopf wirbelten plötzlich lauter Bilder umher, alle getragen von seiner Stimme, in der so viel Liebe zu dem Land hervortrat, dass sich jede Frau wünschte, ein Mann würde einmal so über sie sprechen.

Er schwieg einen Moment, dann lachte er leise.

Cora öffnete die Augen.

»Und ich rieche sogar den Esel meines Onkels, aber das muss ja nicht jeder wissen.« Er zwinkerte Cora zu. »Und jetzt werde ich mal die anderen in diese Geheimnisse einweihen, bevor sie die Flaschen ganz geleert haben.« Er gab ihr ihr Glas wieder, nickte und ging zum nächsten Tisch.

Cora blieb wie betäubt stehen. Sie roch nochmals an dem Wein, doch die Bilder kamen nicht wieder. Zaghaft nahm sie einen Schluck. Kaum berührte die rote Flüssigkeit ihre Zunge, explodierten regelrecht ihre Sinne. Ja, sie roch und schmeckte den Sommer, das Meer ... und all dies löste eine ebensolche Reaktion in ihr aus wie eben noch Pascals Stimme. Sie musste tief einatmen, um das Beben ihres Körpers unter Kontrolle zu behalten. Plötzlich wusste sie, wie Wein zu schmecken hatte, wie er schmeckte, und dass sie ein Freund davon werden würde, wenn er ihr doch nur noch etwas mehr darüber erklären würde.

Der Abend plätscherte vor sich hin. Cora beobachtete, wie Pascal den anderen Gästen ebenso zu erklären versuchte, wie man mit Wein richtig umging. Wahrscheinlich hoffnungslos bei Engländern, die größtenteils ihren Tag mit Würstchen und gegrillten Tomaten begannen anstatt mit Croissants und die abends etwas Handfestes zu trinken brauchten und nicht etwas zum Riechen und Schwenken. Sobald er sich dem nächsten Tisch zuwandte, stürzten die meisten den Wein weiterhin einfach hinunter, ohne an seine Worte zu denken. Wie Cora hatten wohl auch ihre ehemaligen Kollegen eher Lust, sich zu betrinken, als ihre Sinne zu schulen. Der Franzose würde sich an diesem Abend sicher in dem Klischee der Kulturlosigkeit der Engländer bestätigt sehen. Cora verkniff sich ein Kichern. Der Wein zeigte schon die erste Wirkung bei ihr.

Um sich von Pascal abzulenken, schaute sie sich die Werbung auf der Tischmitte an. Dort lagen neben Flyern der Weinsorten Postkarten von einem Gewinnspiel. Sie las die Preisfrage: »Wie heißt die bekannteste Rotweinsorte des Médoc?« Hatte Pascal dies nicht eben erwähnt? Cabernet Sauvignon?

»Ivy? Ivy, hast du mal einen Stift?«

Ivy drehte sich zu Cora. »Was?«

»Einen Stift? Hast du etwas zu schreiben dabei?«

Ivy kramte in ihrer Handtasche und gab Cora einen Kugelschreiber.

»Danke.«

»Na, willst du dem feschen Franzosen deine Telefonnummer aufschreiben?«, witzelte sie.

Cora verzog kurz das Gesicht. Ivy konzentrierte sich wieder auf Lea. Wie ehemals im Büro schien den beiden nie der Gesprächsstoff auszugehen.

Cora versuchte, Cabernet Sauvignon fehlerfrei auf den für die Antwort vorgesehenen Strich einzutragen. Dann noch ihre Adresse und das Datum, fertig. Vielleicht gab es ja eine Kiste Wein zu gewinnen, mit der sie sich dann beizeiten irgendwo verkriechen konnte. Sie seufzte.

»Ist der Abend so langweilig?«, raunte die tiefe Männerstimme mit dem berauschenden Akzent plötzlich an ihrer Seite. Pascal schob sich zwischen sie und Ivy.

Cora zuckte zusammen. »Nei…, nein.«

»Schmeckt Ihnen der Wein nicht?«

»Doch.« Sie lächelte zaghaft. »Ich gestehe, es ist der beste Wein, den ich bisher getrunken habe.«

»Das freut mich.« Seine braunen Augen funkelten kurz auf. »Ich bin leider nicht länger in London. Ich muss weiter, habe noch eine lange Tour durch England geplant. Ich hätte gerne hier noch einige der hiesigen Weinkeller besucht, wobei mir eine ortskundige Begleitung ganz recht gewesen wäre.«

Oh, der prescht aber vor. Cora räusperte sich. »Wie gesagt, Wein ist nicht gerade mein Fachgebiet.«

»Was ist denn Ihr Fachgebiet?« Er schenkte nochmals Wein in ihr Glas.

»Ich schreibe über die Kulturszene von London … schrieb, besser gesagt.« Sie nahm einen tiefen Schluck aus dem Weinglas und warf Pascal sogleich einen entschuldigenden Blick zu. Ihr war die Schwere des Weins und dessen Atmung in diesem Moment wirklich nicht so wichtig.

»Ist schon gut«, sagte er lachend. »Man kann ihn auch einfach … trinken.« Er erhob sein Glas und prostete ihr zu. »Warum sagten Sie schrieben?«

Coras Blick sank auf ihre Hände, die auf dem Tisch mit dem flachen Fuß des Weinglases spielten. »Dies ist sozusagen ein Abschiedsabend. Unsere Redaktion wird umstrukturiert. Für mich und einige andere war da kein Platz mehr.«

»Oh, das tut mir leid. Doch es gibt so viele schöne Dinge, über die man berichten kann. Und Sie können bestimmt gut schreiben, das sehe ich Ihnen an.« Er schenkte ihr ein aufmunterndes Lächeln.

Cora lachte sarkastisch auf. »Ja, aber es muss auch einer kaufen wollen.«

»Sie werden sicher schnell einen neuen Job finden. Nehmen Sie dies als Chance. Ich habe auch schon in vielen Jobs gearbeitet, bis ich … bis der Wein mich ins Médoc zurückrief.« Sein Blick fiel auf die ausgefüllte Gewinnspielkarte, die vor Cora auf dem Stehtisch lag. »Darf ich? Haben Sie es ausgefüllt?« Er nahm die Karte zur Hand. »Cora Thompson.«

»Ich … ja … Man kann sein Glück ja mal versuchen.«

Er zwinkerte ihr zu. »Man sollte sein Glück immer versuchen. Und es gibt einen tollen Gewinn. Vielleicht …« Er wedelte mit der Karte in der Luft und steckte sie dann in seine Hemdtasche. »So, und jetzt müssen Sie noch diesen anderen Wein probieren. Er ist leichter und fruchtiger als der erste, weniger gravité. Den mögen Sie bestimmt.«

⟪⟨⟨⟨⟨⟪

Es war weit nach Mitternacht, und alle waren inzwischen sehr betrunken, als Pascal Levall in die Hände klatschte und um Aufmerksamkeit bat.

»Mesdames et Messieurs. Zum Abschluss des Abends möchte ich noch die Ziehung unseres Gewinnspiels abhalten. Sie hatten alle die Karten gefunden? Möchte noch jemand abgeben?« Er hielt einen Sektkühler empor, in dem sich in der Tat einige Gewinnspielkarten eingefunden hatten.

»Ich noch, warten Sie.« Ivy wankte auf Pascal zu und

warf mit einem süffisanten Lächeln ihre Karte in den Topf. Als sie zum Tisch zurückkehrte, zwinkerte sie Cora zu. »Meine Nummer soll er vorsichtshalber auch mal haben. Bordeaux war doch die Antwort, oder?«

»Dann werde ich nun den Gewinner ziehen. Dieser Gewinner bekommt heute Abend eine Flasche Wein von uns gratis und nimmt an unserer großen Hauptverlosung teil.« Mit einer gewichtigen Geste fischte er eine Karte aus dem silbernen Sektkühler. Kurz blickte er auf das Papier. »Ja, die richtige Antwort war Cabernet Sauvignon.«

Ivy verzog enttäuscht das Gesicht.

»Und der Gewinner ist Mrs. Cora Thompson.« Pascals Blick traf durch den Raum genau auf Coras. Ihr Herz machte einen kleinen Sprung.

»Ahhh, du hast gewonnen!« Ivy fiel Cora um den Hals. Cora schob sie von sich. Ein kurzes Klatschen der anderen, dann wandten sich alle wieder ab. Pascal kam zu Cora herüber.

»Sehen Sie, ich sagte ja, man solle sein Glück immer versuchen«, bemerkte er mit leiser Stimme und stellte ihr eine Flasche Rotwein auf den Tisch.

Cora versuchte, seinem Blick zu widerstehen. »Eine Flasche Wein. Ich freu mich.«

Er begegnete ihrem Sarkasmus mit einem Lächeln. »Nein, warten Sie es doch ab. Der Hauptgewinn ist etwas viel Besseres. Und mit ein bisschen Glück werden Sie in den nächsten Wochen benachrichtigt. Ein wenig Spannung muss doch sein.« Sein Grinsen wurde spitzbübisch. Dann brach es allerdings plötzlich ab, und er sah sie ernst an. »Ich muss mich leider für heute verabschieden, und morgen geht meine Tour schon weiter durch England, aber wir sehen uns … bestimmt.« Er zwinkerte ihr zu und trat vor alle Gäste, um seinen Part des Abends für beendet zu erklären.

»Und, was hast du gewonnen?« Ivy lallte inzwischen deutlich.

»Weiß ich noch nicht.« Cora sah Pascal betrübt hinterher. Da ging er hin, der schneidige Franzose. War sein Interesse an ihr wohl ehrlich gewesen, oder flirtete er bei jeder Weinverkostung mit Gästen? Oder wartete in Frankreich gar eine hübsche Französin auf ihn? Sie würde es wohl nie erfahren.

Mit einem großen Schluck leerte sie ihr Glas und entkorkte dann selber die gewonnene Flasche.

2

»… oder das hier: ›Erfahrene Schreibkraft im technischen Bereich gesucht.‹« Ivy saß an Coras kleinem Küchentisch, einen Fuß auf die Sitzfläche des Stuhls hochgezogen und das Knie mit dem rechten Arm umschlungen, eine Haltung, die sie stets auf diesem Platz einnahm. Mit der freien Hand blätterte sie in den Seiten der Tageszeitung. Es war Samstag, vier Wochen nach dem Abschiedsessen der Redaktion.

»Hört sich an, als müsste man da langweilige Gebrauchsanleitungen schreiben.« Cora stellte zwei gefüllte Kaffeetassen auf den Tisch und setzte sich Ivy gegenüber. »Glaub mir, ich habe sie alle schon gelesen und … ich lese sie wirklich auch jeden Tag.« Cora seufzte. Sie log nicht mal. »Aber bis auf zwei Anzeigen war in den letzten vier Wochen wirklich nichts Interessantes dabei. Ebenso wenig hat das Internet ausgespuckt, ich hab schon ganz viereckige Augen. Auf die zwei Stellenangebote habe ich meine Bewerbungsunterlagen samt einer Mappe mit Probearbeiten eingereicht – bisher ohne eine Reaktion. Und ich war bei der *Daily Post*, dem *London Magazin* und der *Gold News* – persönlich. Ich fühle mich ja schon wie ein Klinkenputzer.

Sie suchen zumeist Freiberufler, aber das wird auch nicht gerade gut bezahlt.«

»Zumindest wäre das eine Alternative. Es wird sich schon was finden, Cora.« Ivy nahm eine normale Sitzhaltung ein und nippte an ihrem Kaffee. »Vielleicht hast du heute Glück.« Sie deutete auf das Küchenfenster. Coras Wohnung lag im Erdgeschoss. »Da war gerade der Postbote.«

Cora machte keine Anstalten, sich zu erheben. »Bestimmt nur Werbung und Rechnungen.«

»Nun geh schon gucken«, drängte Ivy sie.

»Ist ja gut.«

Cora tappte aus der Küche durch den Flur zur Wohnungstür. Von dort musste sie nur drei Stufen zum Hauseingang hinunter, wo die Postkästen angebracht waren. Von oben kam Mrs. Miller schwungvoll die Treppe hinab. Die ältere Dame sah wie jeden Tag wie aus dem Ei gepellt aus. Mit einem vorwurfsvollen Blick schob sie sich an Cora vorbei.

»Guten Morgen.«

Dieses »Guten Morgen« klang in Coras Ohren so wie: Sitzen Sie immer noch arbeitslos zu Hause? Sie hätte der Frau am liebsten die Zunge rausgestreckt. Es waren doch erst vier Wochen, und Rom wurde auch nicht an einem Tag erbaut.

»Guten Morgen«, antwortete Cora und sah kurz an sich hinab. Oder verlotterte sie schon? Sie trug plüschige Hausschuhe, eine hellblaue Schlabberhose und einen alten, viel zu weiten Pulli. Sicherlich nicht das, was man von ihr gewohnt war. Sie ließ sich gehen, ja! Mit einem missmutigen

30

Brummen zog sie den bunten Stapel Papier aus dem Postkasten und ging zurück in ihre Wohnung. Solche inneren Monologe führten nicht gerade dazu, dass sich ihre Stimmung hob.

»Da, nur Werbung. Sag ich ja.« Sie warf den Papierstapel vor Ivy auf den Tisch.

»Oh, guck mal, bei Darlington gibt es die neuen Sommerschuhe.« Ivy griff sich einen Prospekt aus dem Stapel.

»Ich muss sparen.« Cora nahm ihre Kaffeetasse und ging zum Fenster. Draußen war es endlich wärmer geworden. Hier und da hatten die Bewohner der kleinen Nebenstraße, in der ihre Wohnung lag, Blumenkästen vor die Fenster gestellt. Ein Versuch, den Sommer auch zwischen das Grau der Stadthäuser kommen zu lassen. Zu Hause in Chesham stand der Garten ihrer Eltern wohl schon in voller Sommerpracht. Ihre Eltern ... Denen hatte sie noch nicht berichtet, dass sie keinen Job mehr hatte. Sie wusste genau, welche Reaktion ihre Mutter zeigen würde: Kind, ich habe es dir doch gesagt, London wird dir kein Glück bringen. Und ihr Vater würde ihr raten, nach Hause zu kommen. Aber so sehr sie ihre Eltern auch liebte und so schön es in der Grafschaft Buckinghamshire war, dorthin wollte sie nicht mehr zurück. Als sie vor fünfzehn Jahren, mit zwanzig, dem beschaulichen Kleinstadtleben den Rücken gekehrt hatte, war sie wild entschlossen, etwas von der Welt zu sehen, ihren eigenen Weg zu gehen. Sie nippte an ihrem Kaffee. Sie hatte an der City University London studiert, und seitdem war sie auch aus London beruflich nicht fortgekommen. Na ja, aber sie hatte einen guten Job gehabt und vor allem einen guten Job gemacht. In ihren Augen brannte es. Jetzt nicht heulen! Sie schluckte schwer.

»Cora? Hörst du mir gar nicht zu?« Ivys vorwurfsvolle Stimme drang zu ihr durch.

»Doch, doch.«

»Ich sagte, vielleicht wird ja beim *Guardian* doch noch eine Stelle für dich geschaffen. Mr. Johns sprach davon, in den nächsten Monaten einige Umstrukturierungen vorzunehmen. Ich werde dich dann zur passenden Zeit ins Gespräch bringen.«

»Monate? Ivy, so lange hab ich nicht Zeit.« Cora seufzte und setzte sich ihrer Freundin gegenüber an den Tisch. »Ich hab zwar ein bisschen gespart, aber alles nun für die Arbeitslosigkeit verbrauchen wollte ich nicht.«

»Du kannst doch Hilfe beantragen.«

Cora verzog das Gesicht. »Ein Antrag auf Jobseeker's Allowance macht sich im Lebenslauf auch nicht gut. Damit warte ich lieber noch.« Und, fügte sie im Stillen hinzu, wenn ich hier noch Monate nichtstuend herumsitze, werde ich wahrscheinlich eh verrückt.

<hr>

Montag. Cora sah auf ihren Wecker. Neun Uhr. Zeit zum Aufstehen? Dann würde sie sich einen Kaffee kochen, zum PC tappen, diesen anschalten und wieder den Stellenmarkt durchforsten. Oder … sie blieb einfach liegen. Verdammt. Sie zog sich ihre Decke über den Kopf. Bis hierher war sie einen geraden Weg gegangen. Eigentlich hatte sie gehofft, beim *East London Guardian* die Leiter noch etwas höher klettern zu können, vielleicht als Teamleiterin der Freizeitredaktion, aber mit dem Verkauf der Zeitung hatte sich da jegliche Hoffnung zerschlagen.

Aufstehen, los! Sie schlug die Decke zurück und schwang die Beine über die Bettkante. Duschen, anziehen, dann Kaffee und PC. Lass dich nicht hängen, Cora! Vielleicht bringt Woche fünf einen neuen Job. Und geh mal an die frische Luft, du siehst sicher schon aus wie ein Geist. Während sie ins Bad ging, verzog sie kurz das Gesicht. Ihre innere Stimme hörte sich schon an wie die ihrer Mutter.

Zumindest weckte die Dusche ihre Lebensgeister, und als sie sich in der Küche den Kaffee zubereitete, sagten ihr die warmen Sonnenstrahlen, die durch das Fenster auf den Fliesenboden fielen, dass draußen ein herrlicher Tag sein musste. Sie ging zum Fenster und schaute nach oben. Man musste leider den Kopf etwas verdrehen, um den blauen Himmel zwischen den engen Häuserreihen sehen zu können. Das Klingeln an der Tür ließ sie zusammenfahren.

Unten im Flur bei den Briefkästen stand der Postbote. »Guten Morgen. Ich habe für Sie ein Schreiben zur persönlichen Übergabe.« Er wedelte mit einem Umschlag.

Cora kam ihm die drei Stufen entgegen. Eine Reaktion auf eine ihrer Bewerbungen? »Danke.«

»Bitte, schönen Tag noch.«

»Danke, Ihnen auch.«

Sie ging mit dem Umschlag zurück in ihre Küche. Nein, das war kein Brief einer Zeitungsredaktion. Etwas enttäuscht wollte sie den Umschlag schon auf den Tisch fallen lassen – wäre ja auch zu schön gewesen, wenn die Woche mit einer positiven Job-Nachricht gestartet hätte –, doch dann las sie den Absender: Domaine Levall, mit einer französischen Adresse darunter. Plötzlich pochte ihr Herz. Sie nahm einen großen Schluck Kaffee. Sicher war das Werbung dieses Weinguts. Der Gedanke an die tiefe Stimme dieses Mannes trieb ihr unwillkürlich eine Gänsehaut auf die Arme. Nicht nur, dass sie keinen Job mehr hatte, sie hatte wohl auch ihre Beziehungen zum anderen Geschlecht in den letzten Jahren etwas vernachlässigt. Natürlich hatte es den einen oder anderen gegeben, aber es waren alles nur kurze Intermezzi gewesen. Sie sah auf den Umschlag, und plötzlich breitete sich die Erinnerung an den Geschmack des Rotweins in ihrem Mund aus. Warum schicken die Werbung mit persönlicher Übergabe?, schoss es ihr durch den Kopf. Sie stellte ihre Tasse beiseite, nahm den Umschlag und öffnete ihn.

Sehr geehrte Mrs. Thompson,

wir freuen uns, Ihnen mitteilen zu dürfen, dass Sie eine unserer drei Hauptgewinner sind.
Sie haben mit Ihrer Antwort auf unsere Preisfrage richtig gelegen und somit bewiesen, dass Sie eine Kennerin guten Weins sind.
Wir freuen uns, Sie als neue Besitzerin eines 5000 m² Teilstücks eines unserer Weinberge begrüßen zu dürfen, und hoffen, dass Sie mit Ihrem eigenen kleinen Weinanbaugebiet zukünftig viel Freude haben werden. Natürlich

keltern wir Ihnen fortan den Wein Ihrer Reben und füllen
ihn kostenlos für Sie ab.
Wir laden Sie daher ein, unsere schöne Domaine Levall im
Médoc zu besuchen und die ersten Flaschen Ihres eigenen
Weins als Kostprobe in Empfang zu nehmen.
Wir haben uns erlaubt, uns um die Reise zu kümmern.
Wir erwarten Sie am 8. Juni um 10:05 Uhr am Flughafen
Bordeaux. Ihr Aufenthalt wird 14 Tage dauern. In dieser
Zeit freuen wir uns, Ihnen unser Land und unsere Weine
näherbringen zu dürfen.
Sollte Ihnen der Termin nicht passen, lassen Sie es uns
bitte wissen.

Mit besten Grüßen
Familie Levall

Cora starrte ungläubig auf den Brief, dann lachte sie laut
auf. Ein Stück Weinberg? Das war der Gewinn? Sie schüttelte den Kopf. Doch dann bemerkte sie, dass sich in dem
Umschlag noch etwas befand. Sie fingerte es heraus – ein
Flugticket. Sie hielt es sich vor die Augen. War das echt?
Das war doch sicher nur ein gewiefter Marketinggag? Sie
legte Brief und Ticket auf den Tisch und starrte beides erneut ungläubig an. Noch nie in ihrem Leben hatte sie etwas gewonnen. Gut, sie hatte bisher auch nicht an so vielen Gewinnspielen teilgenommen. Aber was zum Himmel
sollte sie mit einem Stück Weinberg in – wo auch immer –
Frankreich. Eigener Wein, damit würde sie zumindest Ivy
glücklich machen. Deren Verbrauch lag da im Jahresdurch-

schnitt bei weitem höher als ihrer. Wie viel Wein konnte man wohl von so einer Fläche gewinnen – zwei, drei Flaschen? »Verrückt«, sagte sie halblaut, ließ sich auf einen ihrer Küchenstühle sinken und schloss kurz die Augen. Obwohl … Es war fast Sommer, sie war frustriert und hatte ohnehin nichts Besseres zu tun. Ein Blinzeln auf den Kalender über dem Küchentisch – es waren Kätzchen drauf, ihre Mutter schenkte ihr jedes Jahr so einen zu Weihnachten – sagte ihr, dass der 8. Juni in zehn Tagen war. Ein Trip nach Frankreich? Schließlich wäre er umsonst. Auf jeden Fall würde sie das mal ein bisschen auf andere Gedanken bringen. Sie schloss nochmals die Augen und lehnte sich zurück. In ihren Gedanken huschten Bilder von Weinbergen im Sonnenuntergang umher. Vielleicht würde sie diesen Pascal wiedersehen? Das Kribbeln war erneut da. Hach, das wäre zu verlockend. Und … Nein, jetzt hör aber auf. Sie öffnete die Augen und setzte sich wieder aufrecht hin. Nachdenklich schob sie den Brief auf der Tischplatte hin und her. Sollte sie? Sollte sie nicht? Sie griff nach ihrem Handy, suchte Ivys Nummer und drückte auf Textnachricht. »Kommst Du heute Abend zu mir? Gute Nachrichten!«

Es dauerte nur Sekunden, bis eine Antwort kam. »Job?«

»Nein!«, tippte Cora. »Was anderes. 19 Uhr?«

»Bin da! Bringe Essen mit«, kam als Antwort.

Pünktlich um neunzehn Uhr stand Ivy mit einer großen Pizza vor der Tür.

»Hey, was gibt es denn für Nachrichten?«, fragte sie bereits neugierig, als sie sich mit dem Pizzakarton in der Hand an Cora im Flur vorbeischob.

»Hast du eine neue Frisur?« Cora schloss die Tür.

»Ja. Bisschen kurz, oder?« Ivy zupfte an den Strähnen ihres Ponys, bevor sie sich die Jacke auszog und diese einfach über einen Stuhl warf. »Essen wir hier oder im Wohnzimmer?«

»Wohnzimmer. Was willst du trinken?«

»Egal, was du da hast.« Ivy ging mit dem Pizzakarton nach nebenan in Coras kleines Wohnzimmer.

Cora holte eine Flasche Saft aus dem Kühlschrank und zwei Gläser aus dem Schrank. Dass sie auf Wein nicht zu hoffen brauchte, wusste Ivy, doch das würde sich ja vielleicht zukünftig ändern. Cora musste grinsen.

»Was gibt's denn so Lustiges?« Ivy schob gerade einige von Coras Klamotten vom Sofa. »Wird Zeit, dass du mal wieder vor die Tür kommst. Hier sieht's ja aus.«

Cora verzog nur das Gesicht und stellte den Saft und die Gläser auf den Tisch. Dann fischte sie auf dem niedrigen Wohnzimmertischchen den Briefumschlag unter dem Pizzakarton hervor. »Hier, das war heute in der Post!«

»Ist mit Salami ohne Sardellen.« Ivy deutete auf die Pizza, dann schnappte sie nach dem Umschlag. »Zeig her. Was ist das denn?«

Während Cora die Pizza zerteilte, las Ivy den Brief.

»Mon Dieu, Frankreich!« Sie nahm sich ein Stück, ohne

die Augen vom Brief abzuwenden. »Ach, das ist ja schon bald. Man, hast du ein Glück. Das ist doch super!« Sie grinste Cora an.

Cora biss in ihr Pizzastück. »Hm ... ach ...« Sie kaute und winkte dabei mit einer Hand ab. »Ich weiß noch gar nicht ... Das ist ja auch so kurzfristig, und ich ...«

Ivy sah sie entgeistert an. »Bist du verrückt! Da gewinnt man mal was, und gleich verbunden mit einer Reise. Du willst das doch nicht sausen lassen, oder?«

»Ach, das ist bestimmt nur so ein Marketinggag. Die spekulieren doch bestimmt darauf, dass den Termin keiner wahrnimmt. Und wahrscheinlich komm ich da an, krieg eine gratis Busrundfahrt und muss für den versprochenen Wein dann auch noch zahlen.«

Ivy sah nochmals in den Brief. »Also nee, ich glaube, das ist schon etwas ernster gemeint. Wie so ein Reise-Napping schaut mir das nicht aus.« Sie drehte den Brief einmal abwägend in der Luft. »Und das sieht nicht aus wie ein Serienschreiben. Guck mal, die Unterschrift ist sogar echt und nicht aufgedruckt.«

»Meinst du?«

»Cora, da fährst du auf jeden Fall hin. Tut dir bestimmt gut, mal rauszukommen. Ach, Frankreich ... Hast du mal geguckt, wo das ist? Vielleicht ist es am Meer!«

»Ich werde mich mal schlaumachen.«

»Oui, und dann triffst du diesen netten Franzosen wieder, den mit der heißen Stimme und ... Oh amour, ma douce ...« Ivy gackerte los.

»Sehr witzig.«

»Ach Cora, komm, das wird super! Wir kaufen dir vorher noch ein paar schicke Klamotten, und dann machst du erst mal einen schönen Urlaub in vive la France. Und danach sieht die Welt gleich ganz anders aus.« Ivy schob sich ein Pizzastück in den Mund und nickte gewichtig.

Dienstag. Cora stellte ihre Kaffeetasse neben die Tastatur. Ihr leeres E-Mail-Postfach sagte ihr, dass es auf dem Arbeitsmarkt für sie heute keine nennenswerten Neuigkeiten gab. Ihr Blick fiel auf den Briefumschlag aus Frankreich. Dann gucken wir doch mal, wo mein neuer Grundbesitz liegt. Sie rief eine Suchmaschine auf und gab die Adresse ein. Auf dem Bild zoomte eine Landkarte heran. Sie brauchte einen Moment, bis sie sich orientiert hatte. Die Halbinsel Médoc lag im Südwesten von Frankreich, gefühlt kurz vor Spanien, an der Biskaya. Links der Atlantik, rechts durchschnitt ein Flusstal die Landschaft. Der lange Sandstrand im Westen der Halbinsel stach Cora sogar von der Satellitenaufnahme ins Auge. Und ansonsten gab es da viel Grün. Mitten in diesem Grün hatte die Suchmaschine den Treffer gesetzt. Der nächstgrößere Ort war Grayan-et-l'Hôpital. Cora beschaute sich ein paar Links, überwiegend Reiseinformationen: Strandbilder, sanft geschwungene Dünen, Wälder und weite, leicht hügelige Flächen, auf denen sich Rebstöcke bis zum azurblauen Horizont zogen. Sie seufzte. Und da gehörte ihr jetzt ein Stück Land? Eigentlich eine nette Vorstellung. Sie würde hinfliegen, auf jeden Fall. Ivy hatte recht. Billiger würde sie wohl so schnell nicht an einen Urlaub kommen, und zudem war die Gegend augenscheinlich wirklich schön. Sollte sie sich vielleicht einen neuen Bikini kaufen? In London gab es nicht so viel Gelegenheit, um Bikini zu tragen. Warm sollte es da unten wohl um diese Jahreszeit sein. In Gedanken sah sie sich schon in dem feinweißen Sand der Atlantikküste liegen.

Der 8. Juni kam schneller, als Cora gedacht hatte. Kaum hatte sie Ivy von ihrem Entschluss, die Reise anzutreten, erzählt, wurde sie auch schon in die Shoppingmall geschleppt und mit einer komplett neuen Sommergarderobe ausgestattet. »Ich weiß doch gar nicht, ob ich das da alles brauche«, hatte Cora noch mit einem Blick auf gleich zwei Bikinis und diverse Strand- und Hüfttücher moniert. Aber Ivy duldete keine Widerrede und befand, ihre Freundin müsse standesgemäß ausgestattet in Frankreich landen. Cora hatte eher noch auf einen Sprachführer gesetzt – ihr Französisch war stark eingerostet und kam sowieso nicht über das ehemalige Schulniveau hinaus.

Am Morgen des Abflugtags holte Ivy, die sich extra den Vormittag freigenommen hatte, Cora ab, um sie zum Flughafen zu begleiten. Als sie in Heathrow ankamen, betrachtete Cora ehrfürchtig die Flughafengebäude. Sie war zwar schon einige Male hier gewesen, aber das Gewusel in den Terminals verwirrte sie immer.

Ivy marschierte schnurstracks los. »Komm, hier müssen wir lang.« Sie flog sehr oft von Heathrow aus nach Italien, wo ihre Eltern die Wintermonate verbrachten. Cora beneidete die Freundin manchmal um ihre Selbstsicherheit, wenn es ums Reisen ging. Für sie war so ein Flug schon etwas aufregender. Ivy hingegen stieg in ein Flugzeug wie andere in einen Bus.

Ivy sah prüfend auf ihre Armbanduhr. »Perfektes Timing würd ich sagen. In zwei Stunden geht dein Flug, das Boarding wird wohl eine Dreiviertelstunde vorher losgehen. Nun guck nicht so, da kann gar nichts schiefgehen, und du landest auch nicht aus Versehen in einem Flieger nach Timbuktu.« Sie grinste Cora an. »Außerdem dauert der Flug nach Bordeaux ja nur drei Stunden. Reicht ja gerade mal für einen Tomatensaft. Da hinten geht's zu deinem Gate.«

Cora zog ihren Koffer hinter sich her und versuchte, mit Ivy Schritt zu halten. Vor der Pass- und Sicherheitskontrolle hieß es Abschied nehmen.

»Ach, ich freu mich so. Hab viel Spaß. Ich würd auch so gerne … Und schick mir kurz eine Nachricht, wenn du da bist.« Ivy fiel Cora um den Hals.

»Ja, Mama.« Cora streckte Ivy kurz die Zunge raus. »Und hör auf, neidisch zu sein, du bist schließlich dauernd in Italien.«

»Da kenne ich aber inzwischen jede Dorfziege mit Vornamen. Richtig Urlaub ist das ja auch irgendwie nicht.«

Jetzt war es Ivy, die eine Grimasse schnitt.

»Vergiss meine Pflanzen nicht. Wehe, die sind alle vertrocknet, wenn ich wiederkomme.«

»Nein, vergesse ich schon nicht. Und nun los, rein da. Und ruf an, wenn ich dich wieder abholen soll.«

Cora winkte und begab sich zu den Kontrollen.

»Wehe, du kommst nicht wieder«, hörte sie Ivy noch rufen.

Wenig später stand sie ohne Ivy in der Abflughalle. Draußen vor dem Panoramafenster schob sich ein großes grauweißes Flugzeug vorbei. Coras Magen zog sich zusammen. Nun stell dich nicht so an, herrschte sie sich im Stillen an und räusperte sich sogleich, um sich selbst zu beruhigen. Die Abflughalle war gut gefüllt. Männer in Anzügen, ältere Paare in Freizeitkleidung und einige Familien saßen dort und warteten ebenso wie sie auf den Beginn des Boardings.

Eine Stunde später war Cora endlich im Flieger. Inzwischen lechzte sie eher nach einem Whisky als nach einem Tomatensaft, denn ihre Nerven hatten beschlossen, dass sie doch nicht so reisetauglich waren. Aber jetzt gab es kein Zurück mehr.

Im Flugzeug wies eine nette blonde Stewardess Cora ihren Platz zu. Sie saß in der rechten Außenreihe zwischen einer älteren Dame und einem Mann mit Laptop. Ein Platz direkt am Fenster oder auch am Gang wäre ihr lieber gewesen. Sie machte sich möglichst schmal, um nicht an ihre Nachbarn zu stoßen, und versuchte, ihren Atem zu beruhigen. Es ist nur ein kurzer Flug, nur ein kurzer Flug …

Zwei Reihen vor ihr plärrte ein Kind los.

Nicht mal drei Stunden später befand sie sich schon wieder im Landeanflug auf Bordeaux, doch ihre Laune war zwischendurch irgendwo ins Meer geplumpst. Das Kind hatte keine Ruhe gegeben, die ältere Dame hatte eine Stunde geschnarcht, und der Anzugträger neben ihr hatte mehrmals mit der Stewardess gestritten, weil ihm irgendetwas an dem kleinen Lunch nicht passte, der serviert worden war. Cora hatte diesen abgelehnt. Womöglich hätte sie noch eine der unsäglichen Papiertüten aus der Tasche am Sitz vor ihr nutzen müssen.

Als sie endlich in der Ankunftshalle stand, ihren Koffer bei sich, und offensichtlich auch im richtigen Land und am richtigen Ort, atmete sie auf. Vive la France! Hoffentlich hatten die Levalls nicht vergessen, dass sie heute einen Gast bekamen.

3

Hier mit den Zufahrtswegen könnte es noch Probleme geben. Aber ich kenne Monsieur Yvans vom zuständigen Amt. Denke, das werde ich regeln können.« Pierre Mergot stand Robert an dessen Schreibtisch gegenüber. Die Pläne der Ferienanlage waren einfach über Roberts Tagesgeschäft ausgebreitet. Robert starrte darauf, doch seine Gedanken schweiften heute dauernd ab. Am Morgen hatte er sich wieder wegen einer Nichtigkeit mit Isabel gestritten. Seit dieses Bauvorhaben in der Luft lag, war sie anders geworden. Das war nicht nur das Baby ihres Vaters, es war auch ihres – sie sah sich schon als stolze Herrin über den ganzen Komplex. Dass dieser auf Roberts Grund und Boden entstehen sollte und er irgendwie befand, er hätte dadurch deshalb mit zu entscheiden, was dort geschah, führte inzwischen regelmäßig zu Reibereien. Doch Robert stand alleine da. Isabel und ihr Vater bildeten zusammen mit seiner Mutter, die inzwischen von diesen Plänen auch eingenommen war, eine uneinnehmbare Front. Mergot hatte wirklich ganze Arbeit geleistet.

Pierre Mergot war ein gedrungener Mann Anfang sechzig. Er hatte sein schwarzes Jackett abgelegt und trug sein weißes Hemd für Roberts Geschmack einen Tick zu weit aufgeknöpft. Eine dicke goldene Kette um seinen Hals unterstrich den Eindruck des etwas Verruchten, den Robert bei ihm immer bemerkte. Mergot stammte aus einfachen Verhältnissen. Er hatte sich hochgearbeitet und stand nun mit beiden Füßen im Kreis der wirtschaftlichen Elite des Médoc. Immobilien waren sein Geschäft. Er kaufte Wohnungen in Ballungsgebieten, sanierte diese halbherzig und vermietete sie dann zu horrenden Preisen. Ebenso verfuhr er mit Industrieanlagen und auch Ferienimmobilien. Doch eines hatte er sich nie erkaufen können – das Prestige und das Ansehen, welches die alten Familien dieses Landstrichs innehatten. Jahrhundertealte Tradition, Familiengeschichte, ein Hauch von altem Adel. Dies war nochmals ein ganz anderer Kreis, in den normalerweise bis in die heutige Zeit nur sehr wenige Zugang fanden. Und Mergot kaufte ja gerade diesen Leuten auch ihre Familienstammsitze ab, was eine Mischung aus Misstrauen und Abhängigkeit schaffte. Doch er war fest entschlossen, dies zu ändern und sich seinen Platz unter ihnen zu sichern, und sei es durch seinen großherzigen wirtschaftlichen Einsatz, um den einst reichen Familien ihren Stand zu erhalten. Kein schlechter Plan, befand Robert. Und eine Ehe zwischen Isabel und ihm wäre dann wohl für Pierre Mergot noch das Sahnehäubchen, genoss die Familie Chevalier doch ein großes Ansehen. Robert war sich dieses Plans durchaus bewusst. Er bewunderte Mergots Hartnäckigkeit und dessen Geschäftssinn, etwas, so meinte er zumindest insgeheim, an dem es ihm selbst ein wenig mangelte. Mergot war

millionenschwer, im Gegensatz zu den meisten Winzerfamilien, und waren sie noch so alteingesessen. Natürlich würde dies niemand öffentlich zugeben, doch Robert
wusste, wie man die leisen Anzeichen einer drohenden
wirtschaftlichen Not deutete. Ihm hatte es selbst auch
Kopfschmerzen bereitet, wie er das Château de Mérival
langfristig in sicheren Fahrwassern halten konnte.

Nach dem Tod seines Vaters waren ihm viele Bilanzen
und Zahlen in die Augen gesprungen, die eine deutliche
Sprache sprachen. Ob es Zufall gewesen war, dass er genau
zu dieser Zeit Isabel kennengelernt hatte? Heute zweifelte
er fast ein bisschen daran. Mergot überließ nichts dem
Zufall und somit wohl auch schon gar nicht die Zukunft
seiner einzigen Tochter.

Es war auf einem Empfang der Winzergenossenschaft gewesen. Isabel, engelsgleich und fast noch ein wenig jugend-
lich unschuldig, hatte sich ganz zufällig Robert und seinem
Kreis genähert. Robert, der solche Veranstaltungen eher
nicht mochte und einfach hoffte, der Abend würde schnell
vorübergehen, war natürlich mit seinen Blicken an der
hübschen jungen Frau hängen geblieben. Sie stach förmlich aus der Riege der älteren Herren heraus, und er war
schließlich auch nur ein Mann. Als die Gespräche sich
dann auch noch vom Wein hin zur Pferdezucht abwand-
ten, ein Gebiet, auf dem sich Robert fast wohler fühlte als
auf dem des Weins, denn dieser war schließlich das Alltagsgeschäft, war es Isabel gewesen, die mit großer Begeisterung dieses Thema aufgenommen hatte. So hatten sie sich
kennengelernt.

Seine Mutter Catherine war durchaus begeistert, dass ihr Sohn sich überhaupt einmal für eine Frau zu interessieren schien. Dass diese nur die Tochter eines Immobilienmagnaten war, trübte ihre Begeisterung ein wenig, doch nach dem ersten Zusammentreffen mit Isabels Vater hatte dieser sie schnell um den Finger gewickelt. Das musste man Mergot einfach lassen, verkaufen konnte er sich erstklassig.

Isabel und Robert wurden ein Paar. Robert genoss es in der Tat, etwas Ablenkung von seinen ganzen Sorgen rund um das Château zu bekommen. Isabels Lebensstil erschien so federleicht und sorgenlos wie sie selbst – Segeltörns, Reitturniere, Boule und im Winter auch Skifahren und nebenbei immer wieder einmal hier ein Empfang oder dort eine Einladung zum Essen. Robert ließ sich einfach mitziehen von diesem Treiben, welches ihn aus den dauernden Grübeleien herausriss. Ob er Isabel liebte? Das wusste er bis heute nicht so recht. Ob sie ihn liebte? Oder stand ihre Beziehung nur auf den Fundamenten Macht und Geld, die es zu festigen und auszubauen galt. Nach zwei Jahren begann Robert immer öfter darüber nachzudenken. Isabel war auch nicht das unschuldige Mädchen, welches sie zu sein vorgegeben hatte. Sie war oft launisch, herrisch und stand in erschreckender Weise dem Durchsetzungsvermögen seiner eigenen Mutter in nichts nach, was ihre eigenen Interessen anging, und dem ihres Vaters schon gar nicht. Nur Teil eines Plans zu sein missfiel Robert aber mehr und mehr. Hatte Isabel ihm erst noch die Zügel etwas lang gelassen, nahm sie sie jetzt vermehrt fest in die Hand. Inzwischen bildete sie mit seiner Mutter ein perfektes Doppel, und gemeinsam boten sie dem männlichen Hausbewohner immer mehr die Stirn. Dies in Kombination mit Mergot, der ganz selbstverständlich das Château als sein zweites Zuhause betrachtete, bereitete Robert inzwischen fast körperliches Unbehagen. Das war ihm alles zu eng, zu fest und zu einnehmend. Er war sich seiner Sache doch gar nicht sicher. Oder war dies einfach sein dauerndes Problem, dass er immer alles in Frage stellte?

»Wir könnten die Wege auch da entlang anlegen. Robert? Hörst du mir überhaupt zu?« Mergots Stimme riss Robert aus seinen Gedanken. Er versuchte, sich in das Hier und Jetzt zu besinnen, und richtete seinen Blick wieder auf die Pläne vor sich.

Auf einem großen Papierplan war das Château selbst mit seinen Ländereien eingezeichnet. Darüber lag eine bedruckte Folie, welche das neue Areal der Ferienanlage anzeigte und auf den alten Plan übertrug. Statt der Pferdekoppeln prangten dort nordwestlich vom Haupthaus fast zwanzig Ferienhäuser, ein Hotelkomplex sowie eine große Park- und Poolanlage. Das Château würde rund drei Hektar Land einbüßen. Land, auf dem momentan nicht nur die Pferde weideten, sondern auch der Wein angebaut wurde, teils Rebstöcke, die viele Jahrzehnte alt waren und nun gerade ihre volle Reife erreicht hatten. Dies hatte Robert als Erstes an Mergots Plänen bemängelt. Doch Isabel hatte ihm klar und deutlich vorgerechnet, wie viel Gewinn der Weinanbau im Gegensatz zu den erwarteten Einnahmen aus der Ferienanlage abwarf. Zahlen, die Robert gar nicht in Frage stellen konnte. Der Tourismus boomte seit Jahren im

Médoc. Entlang der kilometerlangen Küste gab es unzählige Campingplätze, und fast jeder Bauer hatte inzwischen irgendeine alte Scheune zu einem Ferienhaus ausgebaut. Doch Mergot wollte weder Campingplätze noch einfache Ferienunterkünfte, sondern ein Hotel, welches seinesgleichen suchen würde, und Ferienhäuser, die auf elitäres Klientel zielten, mit Garagen für Luxuswagen, Whirlpools, Saunen, viel Privatsphäre und kleinen Nebenhäusern für Nannys oder Dienstboten. Dienstboten ... Die gab es ja selbst im Château schon lange nicht mehr, außer Beata, der Haushälterin und Köchin, und Franco, dem Gärtner.

»Nein!« Roberts Erwiderung fiel etwas harsch aus. »Die Wege müssen dort bleiben, wo sie auch eingeplant waren. Wir ... Da müssen wir ja dauernd zu den Weinreben durch, da werden Trecker fahren müssen und Maschinen ... Das können wir nicht über dieselben Wege machen wie die, die zu den Häusern führen werden.«

»Hm«, machte Mergot und legte die rechte Hand ans Kinn. »Das ist wohl wahr. Ich werde das nochmals mit dem Landschaftsplaner besprechen.«

Robert atmete auf. Der Gedanke, dass sich seine Traktoren demnächst gar an Bentleys und Porsche vorbeizwängen mussten, behagte ihm gar nicht, wie ihm diese ganze Ferienanlage schon nicht mehr behagte, egal, wie viel Millionen sie letztendlich einspielen würde. Aber er hatte nun einmal seine Zustimmung dazu gegeben und somit anscheinend sein weiteres Stimmrecht verloren. Selbst seine Mutter wischte seine Bedenken lapidar fort. »Sohn, du musst auch mal den Mut haben, neue Wege zu gehen.«

Mergot rollte die Pläne wieder zusammen. »Wegen dieser leidigen Geschichte mit deinem Nachbarn werde ich meine Anwälte kontaktieren. Ich denke, du hast sicher irgendein Vorkaufsrecht auf das Land von diesem Levall.«

Auf Roberts Schreibtisch kam unter dem Plan das Fax zum Vorschein. Mergot hatte wider Erwarten mit kühler Gelassenheit auf dieses Schreiben reagiert und an dem Tag, als es angekommen war, mit stoischer Ruhe zunächst eine Partie Boule im Park des Châteaus gespielt.

Robert hatte versucht, sich so gut es ging gegen Mergots Pläne durchzusetzen. Das Hotel vielleicht kleiner planen, weniger Ferienhäuser … Nur nicht zu viel Land einbüßen. Doch Mergot hatte auf Roberts Bedenken die passende Antwort schon parat gehabt: »Wir kaufen einfach die Domaine Levall auf, dann hast du dein Land für deinen Wein wieder beisammen.«

Robert hatte aufgelacht. Mergot war manchmal zu putzig in seiner Art, geschäftliche Dinge ganz nebenbei als ganz einfach zu erklären. »Der wird nicht so ohne weiteres verkaufen. Die Domaine steht ja schon fast länger da auf dem Hügel als unser Château hier.«

»Glaub mir, Robert, der ist bereits fast ruiniert. Der hat schon lange keinen hochkarätigen Wein mehr auf dem Markt, und selbst wenn sein Neffe es schafft, den Fusel nun besser zu verkaufen, unser Angebot wird er nicht ablehnen können.«

Und wo Mergot recht hatte, hatte er wohl recht. So viel Geld, wie er Levall bereits angeboten hatte, um die Domaine des Nachbarn zu kaufen und dem Château anzugliedern, so viel Geld hätte Robert in Jahrzehnten nicht berappen und Levall selbst wohl in seinem ganzen Leben nicht mit seinem Wein erwirtschaften können. Und wie anscheinend alles in Mergots Leben würde sich auch die kleine Unstimmigkeit, welche nun dieses Fax angekündigt hatte, mit Geld bereinigen lassen. Davon hatte der ja schließlich mehr als genug. Dass Levall einfach drei Parzellen seines Landes an Dritte überschrieben hatte … Vielleicht würde der ganze Spaß nun einige Hunderttausend Euro teurer, aber Mergot konnte sich den Weg freikaufen, ohne Frage.

Dass noch diesen Sommer die Bagger über die jahrhundertealten Rebstöcke hinwegrollen würden, bereitete Robert fast körperliche Qual. Aber dieses Opfer musste er wohl bringen.

4

Cora stand etwas verlassen inmitten des Stroms Reisender, die aus dem Flughafen hinaus- und in ihn hereineilten. Sie umfasste den Griff ihres Rollkoffers und sah sich um. In dem Brief hatte doch gestanden, man würde sie abholen? Und wenn niemand kam? Ihr wurde ganz flau. Dieses Gefühl schob sie aber ganz schnell auf ihren leeren Magen. Sie war eine erwachsene Frau und nur in Frankreich, nicht irgendwo mitten in der Wildnis. Selbst wenn diese Leute vom Weingut die Frechheit hätten, sie einfach zu vergessen, würde sie schon nicht heute Nacht auf einer Parkbank vor dem Flughafen schlafen müssen. Entschlossen zog sie an ihrem Koffer und bugsierte ihn zu einem kleinen Café, welches seitlich vom Haupteingang lag. Sie wählte einen Platz, von dem aus sie eine gute Sicht auf die Türen hatte, und bestellte sich einen Kaffee mit viel Zucker und Milch und ein Croissant. Ihr Magen beruhigte sich sofort, als er etwas zu tun bekam, und auch ihre Nerven hörten auf zu flattern. Gerade als sie überlegte, sich noch einen Kaffee zu bestellen, erspähte sie Pascal Levall, der mit schnellen Schritten durch eine der großen gläsernen Türen kam. Er blieb mitten in der Halle stehen und sah sich um. Cora riss schnell einen Arm hoch. Sein Blick schwenkte zunächst an ihr vorbei, doch dann stockte er, wandte seinen Blick nochmals dem Café zu und lächelte. Schnurstracks kam er auf sie zu. Coras Herz pochte schon wieder bis zum Hals, und hastig wischte sie sich die letzten Krümel des Croissants von der Hose.

»Da sind Sie ja, Madame Thompson. Ich freue mich, Sie wiederzusehen.« Er blieb vor ihrem Tisch stehen und hob entschuldigend die Arme empor. »Es tut mir leid, der Verkehr war so dicht. Warten Sie schon lange?« Er sprach sie in fließendem Englisch an, und Cora war dankbar, nicht gleich gänzlich auf ihre gerade erst wieder auftauenden Sprachkenntnisse angewiesen zu sein.

»Monsieur Levall, es freut mich ebenso. Und kein Problem, die machen einen guten Kaffee hier.« Cora versuchte, cool zu bleiben, obwohl ihr Herz gerade drohte, aus ihrer Bluse zu hüpfen. Der Typ sah wieder verdammt gut aus – ein gelbes Shirt mit V-Ausschnitt, das sich um seine kräftigen Oberarme spannte und im blendenden Kontrast zu seiner sonnengebräunten Haut stand, eine blaue Leinenhose und Augen, die sie goldbraun ansahen. Alles in allem wirkte er heute sportlicher als bei ihrem ersten Treffen in London.

»Mein Wagen steht draußen. Ich will nicht hetzen, aber ich befürchte, ich darf dort gar nicht parken. Sind Sie …« Prüfend sah er auf ihre Kaffeetasse.

»Bin fertig, wir können los.« Cora stand auf.

»Soll ich Ihren Koffer nehmen?« Pascal griff nach Coras Gepäck.

»Kommen nicht noch andere Gäste? Ich meine … ich dachte …« Cora hatte fest damit gerechnet, dass alle drei Gewinner an diesem Tag in Bordeaux landen würden.

»Oh, oui, die anderen. Die kommen auch … später. Wollen wir?« Pascal hatte sich schon zum Ausgang gewandt. Cora folgte ihm.

Draußen traf sie auf einen Schwall warme Sommerluft. Hier war das Wetter deutlich besser als in London. Die Sonne stand bereits hoch am stahlblauen Himmel, und nur wenige Schäfchenwolken zogen langsam über den Horizont. Die Luft war fast mediterran, und Cora begann sofort zu schwitzen, trug sie doch eine recht dicke langärmlige Baumwollbluse, welche in England schon als leichte Sommerkleidung galt.

»Da ist mein Wagen.« Pascal steuerte auf ein silberfarbenes Cabrio zu, das einsam nahe am Eingang stand, auf einem Gewirr von gelben Streifen, welche die Fläche kennzeichneten und offensichtlich ein absolutes Halteverbot darstellen sollten. Er lächelte etwas verlegen. »Ich wollte Sie nicht länger warten lassen.« Schwungvoll verfrachtete er Coras Gepäck auf die schmale Rückbank und hielt ihr dann galant die Tür auf.

Genau in diesem Moment sah Cora aus dem Augenwinkel, wie sich eine rundliche Frau in einer blauen Uniform auf sie zubewegte. »Oui, wir sollten jetzt wirklich fahren!«

Pascal sprang behende hinter das Steuer, startete den Wagen und verließ die Parkverbotsfläche mit quietschenden Reifen. Cora wurde in den Sitz gedrückt. Das ging ja rasant los. Wenig später lenkte er den Wagen aber im gemäßigten Tempo auf eine Ausfallstraße gen Norden. Es hatte nur wenige Minuten gedauert, bis sie vom Flughafen aus auch Bordeaux verlassen hatten. Cora hätte gerne mehr von der Stadt gesehen, aber vielleicht konnte sie das ja noch nachholen. Entlang der Straße bekam alles einen eher dörflichen und ländlicheren Charakter.

»Hatten Sie denn einen angenehmen Flug?« Pascal sah sie kurz mit seinen goldbraunen Augen an und lächelte.

»Ja.«

»Haben Sie schon einen neuen Job gefunden?«

Er erinnerte sich an ihr Gespräch! Allerdings erinnerte dies auch Cora gerade mit einem scharfen Stich daran, dass sie nicht wirklich Urlaub hatte, sondern immer noch arbeitslos war.

»Leider nein«, gab sie kleinlaut zu.

Er winkte mit einer Hand ab. »Ah, jetzt machen Sie erst mal ein paar Tage Urlaub hier bei uns, und dann sieht die Welt auch gleich ganz anders aus. Vielleicht inspiriert Sie unser Médoc sogar. Haben Sie mal über Reiseberichterstattung nachgedacht?«

»Hab ich sogar schon gemacht, ja.« Cora musste etwas gegen den Fahrtwind anschreien. Dass sie bis jetzt nur über ein paar kleine Hotels an der Ostküste Englands geschrieben hatte, ohne diese je besucht zu haben, verschwieg sie lieber. Die warme Sommerluft zerzauste ihre Haare und trieb ihr die Tränen in die Augen. Hätte sie mal anstatt in Bikinis in eine Sonnenbrille und ein Kopftuch investiert. Gleich sah sie wahrscheinlich wie ein gerupftes Huhn aus.

»Wie weit ist es denn bis …?« Sie wusste gar nicht so ge-nau, wo die Fahrt hingehen würde.

»Wir fahren auf die Domaine Levall. Die liegt in der Nähe von Grayan-et-l'Hôpital. Bis dort ist es noch eine gute Stunde Fahrt.«

»Und das ist das Weingut Ihrer Familie?« Cora lehnte sich zurück.

»Ja, es wird von meinem Onkel geführt. Und Ihnen ge-hört jetzt auch ein Teil davon. Und sagen Sie doch Pascal, schließlich sind wir ja nun Nachbarn.« Er grinste kurz zu ihr herüber.

»Ja, super Marketinggag, Pascal. Dann sagen Sie bitte auch Cora.« Sie versuchte, ihre Haare irgendwie hinter ihre Ohren zu streichen.

»Das ist kein Witz, Cora!« Sein Gesicht wurde ernst. »Sie bekommen wirklich eine echte Übertragungsurkun-de. Das ist dann Ihr Land. Gewonnen ist gewonnen, da halten wir unser Wort.«

Cora verzog kurz die Mundwinkel etwas spöttisch und nickte. Sie konnte immer noch nicht recht glauben, dass es mit diesem Gewinnspiel ernst war, und vor allem konnte sie sich nicht vorstellen, was sie zukünftig mit einem Stück Weinanbaugebiet machen sollte, außer vielleicht öfter einen Grund zu haben, hier Urlaub zu machen. Wahr-scheinlich war die Bewirtschaftung eines solchen Land-stücks teurer als der Gewinn des Weins, wenn der Ertrag denn überhaupt ein paar Flaschen übertraf und sich die-ser gar noch verkaufen ließ. Aber sie beschloss, dies ein-fach auf sich zukommen zu lassen. Neben diesem äußerst attraktiven Mann durch das ländliche Frankreich zu rauschen war auch ein bisschen wie ein Sechser im Lotto, vielleicht sogar reizvoller als eine Scholle Land.

Die Gegend war überraschend flach. Cora wartete Kilometer um Kilometer, den sie gen Norden fuhren, darauf, dass es irgendwie bergiger wurde. Wein wuchs doch auf Weinbergen? Irgendwann brannte die Frage dann so sehr, dass sie das Schweigen trotz des pfeifenden Fahrtwinds brach.

»Pascal? Wie … wie baut man denn den Wein hier an? Es ist … so flach?« Sie deutete mit der Hand aus dem Wagen hinaus auf die sie umgebende Landschaft, wobei der Wind ihre Finger kurz eiskalt erwischte.

Pascal lachte, ohne den Blick von der Straße zu nehmen. »Na ja, so, wie die meisten sich das vorstellen, ist es hier nicht. Wir haben keine steilen Hänge wie in anderen Weinanbaugebieten. Bei uns sind das Klima und der Boden so gut, dass man die Weine auch auf der Ebene in Kulturen setzen kann.«

»Ach so.« Cora war fast ein bisschen enttäuscht, hatte sie sich doch irgendwie diese malerisch karstigen Berge vorgestellt, die man aus der Werbung kannte.

»Hey, trotzdem ist es schön bei uns und auch etwas hügelig.«

»Ich lass mich überraschen.«

»Das liegt am Boden hier, das erkläre ich dir noch.«

Cora horchte wegen etwas anderem auf. Ohne weiteres war er einfach zum du übergegangen.

Pascal lenkte das Auto derweil von der bis hierher fast

immer geradeaus führenden Hauptstraße auf eine Seitenstraße und verringerte das Tempo. Coras eben noch wehende Haarsträhnen senkten sich wie verwelkte Blumen auf ihre Stirn. Hastig versuchte sie, mit den Fingern irgendwie Ordnung auf ihrem Kopf zu bekommen.

»Jetzt dauert es nicht mehr lange.«

Das Auto rumpelte durch etliche Schlaglöcher. Cora sah einige Bauernhöfe, die sich mit ihren sandsteinfarbenen Wänden und den dunklen Dächern zumeist in kleine Baumgruppen kauerten. Ein paar Kühe blickten dem Fahrzeug wiederkäuend hinterher, als sie an deren Weiden vorbeikamen. Ihr fiel auf, dass sich die Büsche und Bäume alle etwas zu einer Seite neigten, ein Zeichen, dass es hier wohl oft windig war und sie gar der Küste nicht fern waren. Sie hatte aber durch die Fahrt und die ihr fremde Umgebung absolut keine Orientierung mehr, wo genau sie jetzt war. Doch es wurde in der Tat plötzlich etwas hügeliger.

»Die ganze Landschaft hier hat sich durch die Gironde gebildet«, erklärte Pascal, als sie eine leichte Steigung hinauffuhren. Das Auto schaukelte. Es war wohl eigentlich nicht für derartige Wege und den Dauergebrauch darauf geeignet. Cora hielt sich am Griff der Tür fest. »Sie hat hier in vielen Jahrtausenden fruchtbaren Boden angehäuft, aber halt nicht überall.« Pascal wich einigen Büschen aus, welche ihre Zweige bis auf den Weg hängen ließen. »Daher kann man hier auch nicht überall Wein anbauen. Die Ländereien, wo es geht, sind meist seit vielen Jahrhunderten in Familienbesitz, wie die unserer Familie auch. Angeblich hat es auf der Domaine mit ein paar Mönchen angefangen.« Er lachte und sah verschmitzt zu Cora hinüber. »So genau haben die es aber wohl nicht mit ihrem Mönchdasein gehalten, sonst wäre ich heute nicht hier.« Er schaute wieder nach vorne. »Wir sind auch eines der nordwestlichsten Weingüter. Wenige Kilometer von uns entfernt beginnt das Waldgebiet, das die Küste säumt. Auch eine schöne Ecke, musst du dir unbedingt ansehen. Aber Wein kann man da nicht mehr anbauen. Die anderen Châteaus liegen zumeist weiter östlich zur Gironde hin oder halt unten bei Bordeaux. Gleich kann man das Haus schon einmal sehen.« Er wies mit einem Zeigefinger zum Horizont.

Coras Blick folgte seinem Zeichen, aber noch lag einfach nur ein steiniger Weg vor ihnen, der links und rechts von hohen Büschen gesäumt wurde. Hinter einer Kurve ging es nochmals einen sanften Hügel empor.

»Da ist es.« Pascal bremste den Wagen etwas ab.

Auf der nächsten Anhöhe stand ein langgezogener flacher Bau. Die Mauern waren nicht so hell wie bei den Höfen, die sie bisher passiert hatten, eher gräulich, und das Dach war in verwittertem Karminrot. Das Haus schien sich regelrecht an die Hügelkuppe zu schmiegen, schützend umgeben von allerlei Bäumen und Büschen.

»Sieht gemütlich aus.« Und das war Coras voller Ernst.

»Es ist größer, als es von hier wirkt.« Pascal gab fröhlich Gas, wobei einige Steine von unten laut polternd an das Auto schlugen.

Es dauerte aber noch mal fast fünfzehn Minuten, bis sie sich den Weg weiter entlanggeschlängelt hatten. Dann bog Pascal zwischen zwei mannshohen, ebenfalls aus grauen

Steinen erbauten Torsäulen ein. Die eisernen Flügel des geöffneten Tors zierten die Buchstaben M und L, doch die üppigen Rosenblüten, welche sich durch die Gitter gedrängt hatten, verrieten Cora, dass dieses Tor wohl schon lange nicht mehr geschlossen worden war.

Das Haus wirkte nicht wirklich höher, als sie nun genau darauf zufuhren, doch der eingeschossige Bau war deutlich weitläufiger, als man es aus der Ferne geahnt hatte. Es war gänzlich aus Feldsteinen erbaut, kleine, große, helle bis dunkelgraue, säuberlich Stein für Stein übereinandergelegt und offensichtlich wirklich viele Jahrhunderte alt. Gedrungene Fenster zogen sich an der Front entlang, doch vor jedem dieser Fenster gab es einen Blumenkasten mit üppiger Blütenpracht. Die weißen Fensterläden stachen im starken Kontrast zu den grauen Wänden und den roten Blüten ab, gaben dem Haus aber ein freundliches und einladendes Gesicht. Waren das Geranien? Cora wusste es nicht. Sie konnte nicht gerade von sich behaupten, einen grünen Daumen zu haben. Ihre Mutter hatte einst in Buckinghamshire hartnäckig versucht, dem englischen Klima zum Trotz allerlei bunte Blumen anzupflanzen. Doch viele der Gewächse hatten dann später in so manchem Sommer kläglich die Köpfe hängen lassen, wenn es mal wieder wochenlang geregnet hatte. Hier hatte man wohl eher weniger Probleme mit verregneten Sommern. Als der Wagen vor dem Haus zum Stehen kam, umhüllte Cora gleich eine staubtrockene, warme Wolke Sommerluft. Von links erklang irgendwo ein langgezogenes heiseres Iah.

Pascal deutete hinter sich. »Das ist der berühmte Esel.

Früher hat er auf den Feldern mitgearbeitet, aber inzwischen haben wir einen Trecker.« Dann wieder zum Haus gewandt: »Da sind wir. Mein Onkel ist sicher noch im Wein. Ich zeige dir dein Zimmer und dann am besten gleich dein Stück Land.« Er stieg mit breitem Grinsen aus dem Wagen.

»Habt ihr oft Feriengäste hier?« Cora wurde kurz etwas schwindlig in der warmen Luft, als sie aus dem Wagen stieg.

Pascal holte derweil ihr Gepäck von der Rückbank. »Ja, ab und zu. Meinem Onkel wäre es zwar lieber, wenn er für sich bleiben könnte, aber es lohnt sich, Gästezimmer anzubieten. Ich bekomme auf meinen Reisen inzwischen oft Anfragen danach.«

»Du verkaufst den Wein deines Onkels?« Cora versuchte, ihre Haare wieder zu einem festsitzenden Knoten zu binden.

»Ja. Es ist nicht so einfach, sich gegen die großen Weingüter durchzusetzen. Will man nicht einfach zwischen irgendwelchen drittklassigen Weinen im Supermarkt landen, muss man halt etwas tun. Mein Onkel ... er reist nicht so gerne.« Pascal zuckte mit den Schultern und bedeutete Cora, mit zum Haus zu kommen. »Da hab ich das vor ein paar Jahren übernommen. Läuft ganz gut. Voilà, willkommen in der Domaine Levall.« Er stieß eine wuchtige Eingangstür aus dunklem Holz auf.

Im Haus war es angenehm kühl. Coras Augen brauchten einen Moment, bis sie sich von dem gleißenden Sonnenlicht an das schummrige Innere des Hauses gewöhnt hatten. Von einer kleinen Eingangshalle, welche innen

62

ebensolche Feldsteinmauern hatte wie außen, ging es geradezu in eine riesige Küche. Pascal stellte den Koffer ab.

»Möchtest du etwas trinken?«

»Ein Wasser wär nicht schlecht, danke.« Cora sah sich um. Diese Küche sah aus, als hätte sich seit Jahrhunderten nichts verändert. In der Mitte des Raums prangte eine riesige offene Feuerstelle mit einem mächtigen Kaminabzug darüber. Rundherum hingen allerlei kupferne Pfannen und Töpfe, dazwischen Bündel von getrockneten Kräutern, Knoblauchstränge und Zwiebelzöpfe. Es roch rauchig, und dies kündete davon, dass die Feuerstelle durchaus noch in Gebrauch war.

Pascal ging zur Fensterfront, wo unter einer langen Arbeitsplatte allerdings eine moderne Küchenzeile eingebaut war, zwar mit einem großen steinernen Spülbecken, aber der Kühlschrank, den er nun öffnete, war eindeutig moderner Bauart. Cora bemerkte, dass über ihrem Kopf an den Deckenbalken dicke Schinken hingen. Pascal folgte ihrem Blick.

»Mein Onkel macht noch fast alles selber. Der Schinken ist einmalig.« Er reichte Cora ein Glas mit kaltem Wasser.

»Danke. Schön urig ist es hier.«

Pascal verzog kurz das Gesicht. »Na ja, manchmal ist es nicht so einfach, meinen Onkel von modernen Dingen zu überzeugen. Er mag keine Veränderungen am Haus. Das Feuer ist somit recht wichtig. Eine Zentralheizung haben wir nämlich noch nicht.«

»So kalt wird es hier doch auch nicht, oder?« Cora ging mit ihrem Glas ein paar Schritte herum. Seitlich befand sich ein großer Esstisch mit mindestens zwölf Stühlen. Zwischen Arbeitsbereich und Esstisch ging nochmals eine große Doppeltür nach draußen. Dieser Raum war auf jeden Fall der Mittelpunkt des Hauses. Auf dem Tisch lagen allerhand Zeitschriften. Eine Kaffeekanne mit einigen Tassen stand in der Mitte, und ein Brett mit einem halben Brot darauf lag daneben, als wäre hier eben erst das Frühstück beendet worden. An den Wänden hingen alte Küchenutensilien neben Schwarz-Weiß-Fotografien.

»Doch, im Winter kann es ganz schön kalt werden. Okay, Schnee haben wir eher nicht, aber die Stürme sind nicht zu verachten. Komm, ich zeig dir dein Zimmer.« Er wandte sich zu einem langen Flur, der von der Küche abging. Cora klangen seine Worte in Bezug auf moderne Dinge nach. Gab es wohl ein Badezimmer? Sie schritten an einigen Türen links und rechts vorbei. Der Flur bildete die Mittelachse des Hauses. Am Ende blieb Pascal vor der letzten Tür rechts stehen und stieß sie auf. »Madame Thompson, Ihr Zimmer.« Grelles Sonnenlicht durchflutete den Raum durch die geöffnete Tür. »Wie gesagt, wir sind kein Hotel, aber ich denke, es lässt sich wohl aushalten. Du möchtest dich sicher etwas frisch machen. Das Bad ist genau gegenüber.« Und als könnte er Coras Gedanken lesen, fügte er hinzu: »Fließend Wasser und Toilette – zu so viel Komfort habe ich meinen Onkel schon überreden können. Ich hol dich in einer halben Stunde wieder ab, dann zeig ich dir alles draußen, okay?«

Cora blieb mitten im Raum stehen, das Wasserglas immer noch in der Hand. Kein Hotel, aber das Zimmer war gemütlich. An der rechten Seite stand ein riesiges eisernes Bett, auf dem sich Unmengen von Kissen türmten. Darüber hing von der Decke ein Moskitonetz, noch mit einem Knoten zusammengebunden. Nach hinten raus hatte das Zimmer große Terrassentüren, gegenüber dem Bett standen ein kleines Sofa, ein Tisch und ein Kleiderschrank. Cora ging zu den Türen. Erst konnte sie kaum etwas erkennen, denn die Sonne strahlte direkt auf diese Hausseite, doch beim Näherkommen gewahrte sie ein Meer von Grün, welches sich bis zum Horizont erstreckte. Da war nichts, kein Haus, keine Scheune, einfach nur unheimlich viel Landschaft. Ein Anblick, an den sie sich erst gewöhnen musste, bedurfte es doch in ihrer Wohnung in London schon einigen Geschicks, an den hohen Häusern vorbei überhaupt zum Himmel emporschauen zu können. Das, was sich ihr jetzt gegenüber eröffnete, schien in der Tat aus einem Urlaubskatalog entnommen zu sein. Links und rechts der Terrassentüren ließen üppige Büsche ihre Blüten vom Wind schaukeln, und unzählige Schmetterlinge flatterten darauf herum. Draußen gab es eine kleine Terrasse, auf der eine eiserne Sitzgruppe stand. Cora lächelte. Oh, hier würde es sich gut aushalten lassen. Sie schaute sich noch mal im Zimmer um. Hatte Pascal nicht etwas von Männerwirtschaft gesagt? Dafür war das Bett aber sehr einladend bezogen, und auf dem kleinen Tisch standen sogar frische Blumen in einer Vase. Vielleicht gab es eine Haushälterin? Pascal beim Kissenbeziehen – das konnte sie sich nicht so recht vorstellen. Und das, was sie bisher von seinem Onkel erfahren hatte … Nein. Sicher war auch er nicht der Mann, der Gästezimmer herrichtete. Oder? Egal. Sie ließ sich kurzerhand prüfend rücklings auf das Bett in den weichen Kissenberg fallen. Mit dem Blick auf die üppige Blütenpracht draußen seufzte sie leise. Es war schön. Sie gönnte sich einen kurzen Moment des ersten Genusses.

Das Bad war ebenso modern wie die Küchenzeile, doch so geschickt eingerichtet, dass es nicht befremdlich zwischen den alten Mauern wirkte. Cora hatte sich inzwischen eine kurze Hose und ein leichtes Shirt angezogen. Sie benetzte sich das Gesicht mit etwas Wasser. In dem großen Spiegel über dem Waschbecken betrachtete sie sich. Sie sah etwas müde aus. Hinter ihr stand eine große eiserne Badewanne mit eleganten Füßen. Rosafarbene Handtücher lagen auf einer Wannenecke bereit. Nein, sicher kein reiner Männerhaushalt. Sie schmunzelte.

»Cora?« Pascals Stimme hallte durch den Flur.

»Komme!«, antwortete sie und trocknete sich hastig das Gesicht ab. Als sie aus dem Bad trat, stand er bereits am Ende des Flurs und winkte ihr zu.

»Etwas erfrischt? Dann geht's jetzt weiter mit der Führung.« Er stand schon in der Tür, die aus der Küche nach draußen führte.

»Darf ich mal?« Eine kleine, rundliche Frau drängte sich an ihm vorbei, auf dem Kopf ein knallrotes Kopftuch, im Arm einen großen Korb mit allerlei Grünzeug. »Ah,

Madame, willkommen. Entschuldigung, ich war noch Besorgungen machen.« Die Frau strahlte Cora an, wobei ihre Wangen fast ebenso rot wurden wie der Stoff, der ihre Haare umschlang.

»Das ist Valeska, unsere …«

»Ah oui, Putzfrau. Sag es ruhig, wie es ist.« Die Frau verzog das Gesicht, wechselte dann aber wieder zu dem herzlichen Lachen, mit dem sie eben Cora auch empfangen hatte.

»Freut mich.« Cora lachte ebenso zurück und freute sich zudem, dass sie zumindest für einfache Verständigung so langsam auch ihr Französisch wieder benutzen konnte. Die Herzenswärme der älteren Dame strahlte durch die ganze Küche.

Geschäftig begann diese sofort ihren Korb auszupacken. »Es ist schön, wieder einmal Gäste zu haben. Ich hoffe, das Zimmer gefällt Ihnen. Wenn Sie etwas brauchen«, mit einem schnippischen Seitenblick zu Pascal hin, »fragen Sie mich einfach. Und nun – ich will nicht unhöflich sein – raus aus meiner Küche.« Sie winkte, als gälte es, ein paar unartige Kinder zu verscheuchen.

»Sind schon weg.« Pascal grinste.

»Und sagt Maxime, er soll heute Abend pünktlich sein. Wenn wir Gäste haben, wartet das Essen nicht auf ihn.«

»Mach ich.«

Cora trat zu Pascal nach draußen.

»Sie führt hier mit uns ein strenges Regiment.«

»Sie ist aber nicht deine …«

»Tante? Nein, Gott bewahre. Mein Onkel hat nie geheiratet. Aber meine Mutter, seine Schwester, hat vor vielen

Jahren beschlossen, dass er dennoch eine Frau im Haus braucht, und hat Valeska engagiert. Wie man sieht, hat sie hier alles im Griff.«

Hinter dem Haus erstreckte sich solch eine Terrasse wie an Coras Zimmer, nur wesentlich großzügiger, aber ebenso von Büschen umrandet. Seitlich stand ein großer Baum, welcher eine Sitzgruppe beschattete. Das abgenutzte Holz kündete von deren häufiger Benutzung. Cora konnte sich bildlich vorstellen, wie man hier abends zum Sonnenuntergang bei einem Glas Wein saß.

»Wir gehen einmal herum.« Pascal war bereits einige Schritte auf einem Kiesweg vorgegangen, welcher ums Haus zu führen schien.

Cora folgte ihm. Sobald man aus dem Schatten des Hauses in die Sonne trat, traf einen die Sommerhitze mit voller Wucht. Sie spürte, wie ihre blasse Haut an den Beinen sofort brannte. Hoffentlich sah sie morgen nicht schon aus wie ein Krebs. Und sie verfluchte Ivy, die bei ihrem Einkaufsbummel Sonnencreme natürlich nicht aufgeführt hatte.

Vor dem Haus schwenkte Pascal nach links. Dort gab es noch weitere Gebäude, versteckt hinter einer üppigen Hecke, die Cora bei ihrer Ankunft nicht aufgefallen waren. Der Esel, von dem man nur hinter einem Gebüsch die Ohren sah, begrüßte sie wieder auf seine eigentümliche laute Art.

»Das Tier ist auch froh, dass mal wieder Gäste da sind.«
Pascal lachte. »So, da verarbeiten wir den Wein. Wenn du
Interesse hast, erkläre ich dir das die Tage auch noch einmal genau.« Er schob ein großes Tor auf, und dahinter lag
eine überraschend modern eingerichtete Halle. Unzählige
deckenhohe, silbern glänzende Behälter, verbunden mit
endlosen Rohren, standen darin. Es war kühl, und es roch
bitter süßlich nach Weintrauben. Im krassen Gegensatz zu
dieser Industrieeinrichtung stapelten sich links an der Hal-
lenwand alte Holzfässer, das Holz dunkel und immer und
immer wieder beschriftet zwischen den eisernen schwarzen
Ringen. »Die Weinlese geht erst Ende des Sommers los.
Momentan ist es hier also still.« Mit einem Schwung schob
er das Tor wieder zu. »Da ist das Herzstück der Domaine
sicher interessanter.« Er grinste und ging zwischen einigen
niedrigen Bäumen zu einer steinernen Treppe, welche in
den Erdboden zu führen schien.

Die abgenutzten Sandsteinstufen waren schmal und verliefen längs einer Rampe fast zwei Meter nach unten. Cora
konnte spüren, wie es kühler und kühler wurde, je weiter
sie hinabstieg. Eine Holztür, eher der eines Tresors ähnelnd,
lag am Fuß der Treppe. Pascal zückte einen großen alten
Schlüssel und öffnete sie. Ein dumpfes Knarzen erklang.
Coras Herz klopfte unwillkürlich etwas schneller. Dies war
ein besonderer Ort, das spürte man förmlich. Hinter der
Tür erstreckte sich ein endloses Kellergewölbe. Pascal hatte das Licht eingeschaltet. Entlang des Mittelgangs leuch-
teten schwache Glühbirnen. Die Gewölbedecke war gerade so hoch, dass Pascal sich nicht zu ducken brauchte, man

aber dennoch unwillkürlich den Kopf etwas einzog. Cora fühlte sich, als würde sie den Bauch eines Wales betreten. Der Gang zwischen den Fässerreihen war fast steril sauber, die Fässer hingegen waren von einem feinen Staub und auch von Spinnweben benetzt. Pascal ging tiefer in den Keller hinein.

»Hier, Madame Thompson«, in seiner Stimme schwang Ehrfurcht und Stolz mit, »sehen Sie jetzt den Schatz unserer Familie. Auf der anderen Seite«, er deutete kurz hinter sie, »lagern die Abgangsweine, also die, welche nicht so lange reifen und welche, sagen wir mal, im Alltagsgeschäft verkauft werden. Aber hier«, er legte eine Hand behutsam auf ein augenscheinlich uraltes Weinfass, »sind die Weine, die sogar viel älter sind als wir beide. Einige davon waren sogar schon abgefüllt, als mein Onkel noch nicht geboren war und noch viel früher.«

Cora beobachtete, wie seine Finger zärtlich über das alte Holz fuhren und wie er ganz in Gedanken plötzlich Französisch mit ihr sprach. Ein leichtes Schaudern durchfuhr sie, denn so souverän und sportlich er eben noch draußen gewirkt hatte, hier zeigte sich gerade eine andere Seite, eine leidenschaftliche, die sie auch schon ganz kurz bei der Weinprobe in London hatte spüren können. Eine Leidenschaft, die in jeder Frauenseele den Wunsch rührte, dass sie sich nicht nur beim Thema Wein entfachen ließ. Cora musste sich räuspern.

Pascal ging noch einige Schritte weiter. Etwas abseits der anderen Fässer stand auf einem Steinsockel ein besonders dunkles Fass. »Das ist der älteste Wein, den wir haben.«

Cora sah die eingebrannte Jahreszahl auf dem Holz. »1769?«, las sie laut vor.

»Ja. Kaum zu glauben, was? Das war das Jahr, in dem Napoleon Bonaparte geboren wurde. Da wurde auf unseren Hügeln hier schon Wein angebaut. Er ist etwas ganz Besonderes, auch geschmacklich. Aber den dürfen nur ganz besondere Gäste kosten.« Er zwinkerte Cora zu. »Mal gucken, wie gerne dich mein Onkel hat.«

Coras Blick verfing sich einen Moment lang in Pascals goldbraunen Augen.

»Und jetzt zeige ich dir deine Weinreben.«

Sie verließen die kühle, leicht feuchte Luft des Weinkellers. Pascal verschloss die wuchtige Tür wieder sorgsam und führte Cora erneut am Haus vorbei. Sie liefen direkt vom Garten des Hauses in die Rebstöcke, sorgsam aufgereihte Pflanzen, die sich schnurgerade der Sonne entgegenzogen. Es wehte ein leichter Wind zwischen den Rebstöcken, und Cora spürte, dass er sich ein bisschen nach Seewind anfühlte.

»Wie weit ist es denn von hier bis zum Meer?« Trotz der üppigen Landschaft hatte sie schon Lust auf etwas Strand.

Pascal deutete mit der Hand nach links. »Mit dem Auto nur zehn Minuten, zu Fuß ist es etwas länger, aber auch schöner. Da hinten ist mein Onkel.« Pascal stieß einen lauten Pfiff aus, und in der Ferne rührte sich ein Hut zwischen den ganzen Pflanzen.

»Madame Thompson. Freut mich, Sie auf unserer Domaine begrüßen zu dürfen.«

Die ersten Worte, die Maxime Levall an Cora richtete, hörten sich aufgesetzt und einstudiert an, und Pascals etwas strenger Blick seinem Onkel gegenüber bestärkte Cora in der Annahme, dass dieser den Besuch auf seinem Grund und Boden nur seinem Neffen zuliebe duldete.

Maxime Levall war ein hochgewachsener, drahtiger Mann. Cora schätzte ihn auf etwa Ende fünfzig. Seine großen Hände und auch sein Gesicht waren sonnengegerbt und erinnerten an das Holz der Weinfässer, welche sie eben noch begutachtet hatte. Er trug einen großen, etwas löchrigen Strohhut und einen blauen Arbeitsoverall. Sein Händedruck war kräftig. In der anderen Hand hielt er eine kleine Astschere, mit der er gerade noch die Rebstöcke ausgeschnitten hatte.

»Es ist wirklich sehr schön hier bei Ihnen. Ich freue mich sehr, hier sein zu dürfen«, versuchte Cora höflich, das Eis zu brechen.

Maximes Augen, ebenso goldbraun wie die seines Neffen, blitzten kurz auf. »Das war Pascals Idee«, murmelte er und wandte sich wieder den Pflanzen zu.

»Valeska sagt, du sollst heute pünktlich zum Essen zurück sein.« Pascal legte seinem Onkel kurz die Hand auf die Schulter.

»Ja, ja, aber diese Reihe muss heute noch fertig werden.«

Cora folgte mit den Augen den Rebstöcken und ahnte, dass es entweder erst sehr spät Abendessen gab oder dass Maxime es wohl nicht schaffen würde, der Weisung seiner Haushälterin nachzukommen.

»Pascal, du musst morgen auf der Nordseite die Gänge mähen.«

»Wird erledigt, aber jetzt zeige ich Cora erst mal ihre Weinstöcke.«

Maxime quittierte die fröhliche Laune seines Neffen mit einem Grummeln und knipste bereits wieder kleine Äste von der Pflanze vor sich ab.

»Der braucht immer etwas«, versuchte Pascal, die etwas knappe Begrüßung seines Onkels zu entschuldigen, und führte Cora weiter in die sanften Hügel der Domaine.

Es dauerte nochmals gut dreißig Minuten, und Cora war schon ziemlich verschwitzt von dem ungewohnten Fußmarsch, als Pascal auf einer Geländekuppe stehen blieb und die Hände in die Hüften stemmte.

»So, Cora, hier wächst nun der erste Jahrgang Thompson heran.« Er deutete auf das Gelände vor sich.

Cora versuchte, ihren Atem unter Kontrolle zu bekommen, und schwor sich, unbedingt an ihrer Fitness zu arbeiten. Doch als sie endlich wieder Luft bekam und Pascals Blick folgte, waren es nicht die Weinstöcke, die ihr schon wieder Herzklopfen bescherten. Der Ausblick ging über einen sanften Abhang hinunter zu einer weiten Fläche. Mitten darin, umrandet von Wein, saftig grünen Koppeln und einem großen Park lag ein weiteres Anwesen. Und das war kein kleines Weingut, es war fast ein Schloss. Hellstrahlend reflektierten die gelben Sandsteinmauern das Sonnenlicht und ließen das Haus mit seinen Türmchen und Zinnen wie mit einer märchenhaften Aura umgeben daliegen.

»O wow! Und was ist das da hinten?« Cora beschirmte ihre Augen mit den Händen, um besser sehen zu können.

Pascal hob fragend die Augenbrauen. Dann verschwand das erste Mal an diesem Tag sein fröhlicher Gesichtsausdruck.

»Das ist das Château de Mérival der Chevaliers, unsere Nachbarn sozusagen.«

5

Eine feinwürzige Wolke von Düften hatte Cora den Flur entlang auf dem Weg zu ihrem Zimmer begleitet und ihre Vorfreude auf das Abendbrot, die nach der Wanderung durch die Rebstöcke eh schon enorm war, nochmals gesteigert.

»Es dauert noch eine Stunde«, hatte Valeska sie wissen lassen, und Pascal hatte sich entschuldigt, er müsse jetzt noch kurz seinen Verpflichtungen auf dem Weingut nachkommen.

Cora war auf ihr Zimmer gegangen, hatte die Terrassentüren weit geöffnet und sich rücklings zwischen die Kissen auf dem Bett fallen lassen. Ja, so konnte man es aushalten. Es war wohl wirklich eine gute Idee gewesen, diese Reise anzutreten. Tief atmete sie die warme Luft ein, die von draußen hereindrang. Die Sonne stand inzwischen deutlich tiefer am Himmel, die langen Vorhänge neben den Fenstern wiegten sich leicht in einer lauen Brise, Grillen zirpten, und die Büsche schlugen längere Schatten bis hin auf den hölzernen Dielenboden des Raums. Sie musste sich zusammenreißen, um nicht gleich schläfrig zu werden.

Jetzt, zurück im Haus der Domaine Levall, kam Cora

nicht umhin festzustellen, dass es wohl in dieser Gegend ebenso gravierende gesellschaftliche Unterschiede gab wie im ländlichen Buckinghamshire. Dort war sie schon als Kind um die Herrenhäuser des ehemaligen und noch bestehenden Landadels geschlichen und hatte sich immer vorgestellt, wie es wohl war, in so einem herrschaftlichen Anwesen zu leben. Genau dieses Gefühl hatte sie vorhin beim Anblick des Château de Mérival wieder überfallen. Wie ein Blitz waren ihr Bilder der mondänen Lebensart in den Kopf geschossen, Bilder, die man aus Zeitschriften und aus dem Fernsehen kannte, welche man jedoch selten selbst erlebte, auf die man aber irgendwie doch scharf war. Sie musste kichern. Nicht, dass sie extrem drauf erpicht war, irgendwie zu Ruhm und Reichtum zu kommen, aber so ein bisschen luxuriöse Lebensart wünschte sich doch irgendwie jeder. Natürlich – und die Worte ihrer Mutter hallten in ihren Gedanken wider – würde sie als kleine Journalistin da sowieso nie hinkommen. Doch wer wusste das schon. Sie seufzte. Immerhin gehörte ihr jetzt schon mal ein Stück Land in Frankreich. Das würde sie aber wohl mit einigen Fotos dokumentieren müssen, um ihren Eltern dies glaubhaft zu machen. Mit diesem Château im Hintergrund würde es sicherlich sogar recht beeindruckend wirken.

Nicht, dass es auf der Domaine Levall nicht auch beeindruckend war, wenn man aus den engen Gassen Londons kam. Die ländliche Ruhe und die Weiten um das Haus herum schürten ein lange verdrängtes Heimweh. Kurz lauschte sie den leisen und dumpfen Geräuschen, die Valeska in der Küche erzeugte. Vielleicht sollte sie sich, wenn sie zurück in England war, in der Gegend ihrer Eltern nach Arbeit umsehen. Vielleicht tat ihr London doch gar nicht so gut, wie sie immer gedacht hatte. Die eben noch entspannte Stimmung wurde etwas betrübt. Sie drehte sich auf die Seite und sah hinaus in den Garten. Nein, heute war nicht der Tag, an dem sie sich in Grübeleien über ihre Zukunft stürzen sollte.

Um nicht noch weiter in trübsinnige Gedanken zu verfallen, raffte Cora sich auf, zog sich nochmals um und begab sich durch den Flur in die Küche.

»Setzen Sie sich, Madame, setzen Sie sich.« Die rotwangige Frau fing Cora in der Küche ab und bugsierte sie nach draußen.

Passend zum Abendessen senkte sich die Sonne tiefrot über die Landschaft. Der Horizont schien zu glühen und spiegelte sich in den Weingläsern auf dem Tisch wider. Die Hitze des Nachmittags war gewichen, und draußen auf der großen Terrasse hinter dem Haus herrschten nun angenehme Temperaturen.

Valeska, immer noch das rote Kopftuch tragend, hatte den Gartentisch so opulent gedeckt, dass Cora sich fragte, ob noch weitere Gäste erwartet wurden. Ein weißes Tischtuch, darauf unzählige Schüsseln und Platten, aber nur vier Gedecke. Kaum hatte sie sich gesetzt, kam Pascal schon aus dem Haus. Auch er hatte sich umgezogen, trug nun eine helle Leinenhose und ein blaues Hemd, ähnlich wie damals in London.

»Na, hast du dich von unserem Spaziergang etwas erholt?« Er grinste frech und ließ sich auf einem Stuhl ihr gegenüber nieder. Cora spürte, wie ihre Wangen heiß wurden. Ihm war wohl nicht entgangen, dass solche Wanderungen nicht gerade zu ihrem Tagesgeschäft gehörten.

»Ich war etwas erschöpft von dem Flug«, konterte sie und hoffte, dass sie in den nächsten Tagen nicht noch öfter mit Konditionsmangel glänzen würde.

»Jetzt gibt es erst mal Essen.« Valeska kam mit einer weiteren riesigen Platte aus der Küche, stellte diese auf den Tisch und besah sich zufrieden ihr Werk. »Esst, Maxime hat es doch wieder nicht pünktlich geschafft.« Sie nahm ihre blau-weiße Schürze sowie ihr rotes Kopftuch ab und setzte sich neben Cora.

Diese besah unschlüssig die ganzen Leckereien. Dunkles, eindeutig selbstgebackenes Brot lag neben hauchdünn geschnittenem Schinken, frischer, saftig grüner Salat, daneben eine Platte mit Fisch. Ihr lief das Wasser im Mund zusammen. Sie würde sich wohl nach einigen Tagen nicht mehr bewegen können, wenn die Verköstigung so blieb.

»Möchtest du lieber einen Cabernet Franc oder einen Cabernet Sauvignon zum Essen?«, fragte Pascal, sah sie dann aber sogleich belustigt an. »Probier den Cabernet Franc, der ist nicht so schwer und passt gut zu Valeskas Brot.« Er goss Cora aus einer Karaffe ein Glas ein.

Cora wusste nicht, ob es an der sanften Abendstimmung und dem Licht lag oder in der Tat an der Qualität des Weins, aber die rote Flüssigkeit schlingerte verführerisch im Glas umher. Sie erinnerte sich an seine Worte einst in London – »erst den Wein atmen lassen« –, obwohl dieser nicht aus einer Flasche, sondern bereits aus einer bauchigen Karaffe kam.

»Danke.«

»Du wirst dich an Wein gewöhnen müssen, man trinkt ihn hier eigentlich immer und zu jeder Tageszeit. Na gut, zum Frühstück vielleicht noch nicht.« Pascal lachte.

»Manchmal schon.« Valeska nahm sich ein Messer und den Brotlaib, hielt sich diesen vor die Brust und schaffte es, eine gerade dünne Scheibe abzuschneiden. Cora schaute halb fasziniert, halb amüsiert zu. Sie kannte nur einen Menschen, der so immer sein Brot geschnitten hatte und es vor allem auch auf diese Art und Weise konnte – ihre Großmutter. Leider war sie bereits vor vielen Jahren gestorben. Valeska sinnierte derweil weiter über den morgendlichen Weingenuss. »Wenn man doch einmal Kopfweh hat, was bei einem guten Wein ja eigentlich nicht vorkommen sollte, so sagt man, müsse man morgens dann einen Wein nehmen, der aus demselben Jahr, aber aus einem anderen Fass kommt.«

Cora lachte. »Das ist in England wohl eher schwer. Ich befürchte, die meisten dort wissen am nächsten Morgen nicht mal mehr, aus welchem Supermarkt der Wein kam, der ihnen den dicken Kopf bereitet hat.«

Jetzt lachte Valeska. »Ja, ihr Engländer habt halt eine andere Trinkkultur. Bier und Tee, oder?«

Cora hob entwaffnet die Hände. »Da haben Sie uns wohl ertappt.«

»Na, ich habe auch einige wirkliche Weinkenner in England kennengelernt.« Pascal nahm sich eine der Brotscheiben und belegte sie großzügig mit dem hauchdünnen

Schinken. »Ich glaube sogar, das eine Pärchen ist mit unter den Gewinnern. Der gute Mann hat in Cardiff mehr mir einen Vortrag gehalten als ich ihm. Der hat sich seine eigenen Reben wohl verdient.«

»Ach, ist das gar nicht so ganz zufällig ausgelost worden?« Cora wurde hellhörig.

Pascal senkte den Blick und grinste. »Na ja, sagen wir mal so, die Glücksfee hatte schon ihre Gründe.«

Valeska winkte ab. »Hat sicher schon die Richtigen mit Pascals verrückter Idee getroffen. Und sonst wären Sie ja nicht hier.« Sie nickte Cora zu. Hinter den Büschen am Rand des Gartens erklangen Schritte. »Da kommt ja der Hausherr.« Valeska legte gleich zwei Scheiben Brot auf den noch herrenlosen Teller.

Maxime Levall stapfte aber zunächst wortlos an ihnen vorbei zum Haus. Pascal sah ihm kurz besorgt nach, begann dann aber ungerührt zu essen. Cora nahm einen tiefen Schluck aus ihrem Weinglas. Das Gefühl, dass Pascals Onkel von ihrer Anwesenheit nicht ganz so angetan war, traf sie unangenehm.

Wenig später kam er aus dem Haus zurück und setzte sich an den Tisch.

»Von den Chevaliers waren vorhin schon wieder Leute auf den Feldern«, murmelte er, während er sich Wein einschenkte. »Haben wohl wieder was vermessen.«

»Waren sie auf unserem Land?« Auch Pascals Stimmung schien nun gedämpft.

»Hab sie fortgejagt.« Maxime leerte sein Glas in einem Zug.

Valeska reichte ihm eine Schüssel mit Salat. »Das macht auch keine gute Nachbarschaft.«

»Gute Nachbarschaft ... als wenn es die hier geben würde.« Statt nach dem Salat griff er nochmals zur Weinkaraffe.

Pascal hob die Hand. »Nicht heute, wir haben einen Gast.«

Maxime stieß pfeifend die Luft aus und lachte kurz auf. »Ja!« Und mit einem Blick auf Cora: »Entschuldigung.«

Auch dieses Entschuldigung hörte sich seltsam belegt an. Cora schwieg. Sie wusste nicht, was sich hier hinterrücks in der Familie und in Bezug auf die Nachbarn abspielte, und wollte es auch eigentlich nicht wissen. Das war sicherlich nicht ihr Problem.

Valeska versuchte, das Thema zu wechseln. »Und, gefällt es Ihnen hier bei uns im Médoc, Madame Thompson?«

»Bisher ja, die Gegend ist wirklich schön«, antwortete Cora höflich, und es war auch wirklich ihre Meinung.

»Morgen sollten Sie sich den Strand ansehen. Unsere Strände sind berühmt. Mögen Sie Fisch? Ich habe ihn extra heute noch geholt.« Valeska schob Cora eine Platte zu.

Cora war eigentlich von dem Brot und dem Schinken satt, brachte es aber nicht übers Herz abzulehnen. So nahm sie auch noch einen der gebratenen Fische und etwas Salat.

Valeska nickte wohlwollend. »Sie sind ein bisschen blass. Gutes Essen, frische Luft und Wein werden Ihnen guttun. In England ist das Wetter ja auch immer so schlecht ... hört man.«

Valeska schien die Stimmung der beiden Männer bestens einschätzen zu können. Geschickt gab sie dem Gespräch am Tisch eine neue Richtung. Nach zwei weiteren Gläsern Wein schien die Anspannung, woher sie auch rührte, von Maxime abzufallen, und er unterhielt sich angeregt mit Cora über englisches Essen. Pascals Onkel wurde ihr so Stunde um Stunde sympathischer. Seine Augen blitzten nun in der inzwischen eingetretenen Dunkelheit immer wieder auf. Valeska hatte eine große Kerze mitten auf dem Tisch angezündet, und der Schein der Flamme tanzte über das alte Holz und in den Weingläsern, Weingläser, die stets gut gefüllt waren. Cora merkte schnell, wie ihr der Alkohol in den Kopf stieg, doch anstatt der Schwere und Müdigkeit, wie sie es sonst von sich kannte, wenn sie zu viel trank, löste der Wein eher die Anspannung der letzten Wochen und beschwingte ihre Laune.

Am Horizont nahm ein dunkelgelber, voller Mond den Platz der Sonne ein und erhellte die Umgebung bald wieder auf eine ganz eigentümliche Weise. Es war immer noch warm, und die Grillen wurden zunehmend lauter.

Pascal erzählte von seinen Reisen und was er auf den Weinverkostungen so alles erlebt hatte – Ehekrisen, betrunkene Kellner und sogar ein brennendes Büfett. »Am putzigsten sind die Deutschen. Da gibt es manchmal Essen, da weiß man gar nicht, was man da für einen Wein dazu reichen soll. Von Pommes frites bis hin zu vermeintlich italienischen Nudeln habe ich da alles erlebt, und immer beteuern sie, ihr Wein wäre sowieso um Längen besser als der französische. Am schlimmsten war es dort im Süden. Die trinken da nur

Bier, obwohl die Gegend für den Weinanbau teilweise recht gut ist. Alles voller Hopfen, keine Reben.«

Selbst Maxime lachte nun ab und an, und Cora hoffte, dass er nicht während ihres ganzen Aufenthalts tagsüber so griesgrämig sein würde wie heute.

Gerade als Pascal ausschweifend berichtete, wie er sogar im kalten Island eine Weinprobe abgehalten hatte – geschäftstüchtig war er wohl, musste Cora eingestehen –, hupte es plötzlich laut und eindringlich auf der anderen Seite vom Haus. Alle vier hielten verdattert inne.

»Wer ist denn das?« Valeska fand als Erste ihre Sprache wieder, war aber auch schon etwas angesäuselt von dem ganzen Wein.

»Oh, das sind bestimmt unsere zweiten Gewinner. Die wollten ja eigenständig anreisen.« Pascal erhob sich, straffte sich kurz, wohl um ein Schwanken zu verhindern, und eilte davon.

»Dann gehen wir die auch mal begrüßen.« Maxime schnappte sich zwei Gläser vom Tisch und die Weinkaraffe, erhob sich ebenfalls und lachte dabei, als hätte Pascal gerade einen besonders guten Witz erzählt. »Das ist eh alles so verrückt – dann mal alle willkommen hier!«

Valeska und Cora folgten den Männern um das Haus herum, wo das Hupen inzwischen verklungen war. Cora hielt sich dicht an die Haushälterin, um auf dem schmalen Weg im Dunklen nicht ins Straucheln zu kommen. Sie hatte ganz schön viel Alkohol intus und kicherte verlegen.

Als sie um die Hausecke bogen, blieb Valeska so abrupt stehen, dass Cora fast mit ihr zusammengestoßen wäre.

»Bon Dieu!«, stieß sie verwundert aus und lachte dabei auf.

Cora brauchte einen Moment, um ihren Blick zu schärfen. Vor dem Haus stand ein hell erleuchtetes Etwas. Das blinkende Ding entpuppte sich bei genauerer Betrachtung als monströses Wohnmobil, dessen Motor nun abgestellt wurde. Mit einem leisen Zischen öffnete sich im vorderen Bereich eine Tür, und zwei kleine, rundliche Menschen kamen heraus. Cora musste weiter kichern. Das Ganze sah aus wie eine Ufo-Landung, zumal sich die beiden Personen im Gegensatz zu Maxime und Pascal, die nun vor ihnen standen, als deutlich kleiner erwiesen.

Pascal begrüßte die Gäste freundlich, wobei er versuchte, seine Stimme nicht zu weinlastig klingen zu lassen. »Mr. und Mrs. Davington, ich freue mich, dass Sie den Weg zur Domaine Levall gefunden haben.«

»Kommen die auch aus England?« Valeska sah kurz zu Cora hin.

Cora versuchte, ihr Kichern endlich zu unterdrücken, und zuckte mit den Schultern. »Ich weiß es nicht.«

Kurze Zeit später saß das ältere Ehepaar im Schummerlicht der Kerze auf der Terrasse und machte sich ausgehungert über Valeskas Essen her. Sie hätten eine lange Anfahrt gehabt, die Fähre sei eine Katastrophe gewesen, und die französischen Autobahnen … Cora übersetzte das meiste, denn die Davingtons sprachen noch schlechter Französisch als sie selbst. Sie wollten im Wohnmobil übernachten und lehnten dankend das angebotene Zimmer ab. Valeska war etwas pikiert über die Ablehnung. Und dann bekam Cora

auch mitten in der Nacht wirklich Übersetzungsschwie-
rigkeiten, als sie im Auftrag von Mrs. Davington erfragen
sollte, wie sie denn am nächsten Tag am besten ihr Wohnmobil auf ihr Stück Land bekommen würden. Pascal lachte
und versuchte, Cora Schützenhilfe zu geben. Ob Maxime
es nicht verstand oder nicht verstehen wollte, er gab zumindest keine Antwort auf diese Frage.

6

Robert blinzelte in den schmalen Sonnenstrahl, der durch die Vorhänge genau auf seine Bettseite fiel. Es war noch früh, sehr früh. Isabel schlief noch. Er hingegen war auf einen Schlag hellwach. Er seufzte und drehte sich noch einmal um, doch seine Gedanken liefen bereits wieder auf Hochtouren. An Schlaf war nicht mehr zu denken, und wenn er erst einmal anfing, das ganze Für und Wider der Ferienanlage, die ihm überhaupt nicht mehr gefiel, abzuwägen, wäre die Laune für den Rest des Tages auch passé. So ging es ihm seit Wochen, und wirklich ausgeruht fühlte er sich schon lange nicht mehr. Verärgert schlug er die Decke zurück, wohl etwas zu heftig, denn Isabel rührte sich.

»Stehst du schon auf?«, murmelte sie verschlafen.

»Ja. Ich denke, ich werde einen Ausritt machen.« Schon war er aus dem Bett und auf dem Weg ins Bad. Isabel würde sicherlich noch zwei Stunden liegen bleiben, bis sie dann nach einem kurzen Frühstück zur Yogastunde fuhr, seine Mutter pflegte nie vor neun ihre Zimmer zu verlassen, und wenn er Glück hatte, würde auch Pierre Mergot erst gegen zehn am Château auftauchen. Gute Chancen, wirklich ein paar Stunden für sich zu haben.

Franco, der eigentlich als Gärtner auf dem Château angefangen, im Lauf der letzten Jahre allerdings die Versorgung des kompletten Außenbereichs inklusive der Pferde übernommen hatte, fegte gerade die Stallgasse, als Robert erschien.

»Guten Morgen, Monsieur Chevalier. Heute wieder einen frühen Ausritt?«

»Guten Morgen, Franco. Ja, die Luft ist noch so gut.« Robert deutete nach draußen, wo sich so langsam die Sonne ihren Weg durch den Frühnebel kämpfte. Kaum war er im Stall, wurde seine Laune auch besser, und das Gefühl der Erschöpfung, welches wie ein Stein an ihm zu hängen schien, blieb zwischen den Mauern des Haupthauses zurück.

»Möchten Sie Rivana nehmen?« Franco deutete auf die braune Stute in der ersten Box. Das Pferd reckte schon neugierig, aber noch auf ein paar Heuhalmen kauend den Kopf aus dem Stall.

»Ja. Sieht aus, als ob die junge Dame Lust auf einen Ausritt hätte.« Er tätschelte der Stute kurz den Hals, was sie mit einem zufriedenen Schnauben quittierte.

»Ich lass die anderen dann auf die Koppel, wenn Sie weg sind.«

Robert nickte. Franco hatte ein gutes Gespür für die Tiere, und es war ein gewisser Trost, dass jemand da war, der ein Auge auf sie hatte, wenn er sich schon nicht selbst so intensiv um die Pferde kümmern konnte, wie er es gerne täte.

»Ich bin etwa zwei Stunden weg. Einmal bis zum Strand und wieder zuruck.«

»Viel Spaß, Monsieur.«

Robert putzte und sattelte die Stute alleine, das ließ er sich nicht nehmen. Isabel hingegen mochte es, wenn ihr Pferd schon fertig auf der Stallgasse auf sie wartete. Robert verstand nicht, wie man sich diese wertvolle Zeit nicht nehmen konnte. Aber Isabel mochte auch keine Ausritte. Sie hatte sich hinter dem Stallgebäude auf einem Teil der Koppel ein Dressurviereck anlegen lassen, mit Spezialsand und Berieselungsanlage. Dort zog sie mit ihrem Hengst dann ihre Runden. Juan – so hieß das Tier – war auch in einem anderen Stallbereich untergebracht. Die Gesellschaft von Roberts Stuten würde ihn sonst zu nervös machen. Alles in allem wieder viel Wind um nichts. Robert hatte geraten, das Pferd kastrieren zu lassen, wie es auch durchaus üblich war, und ihm dann ein entspanntes Leben auf der Koppel zu gönnen. Doch Isabel beharrte darauf, ihn separat und gut verwahrt im Stall zu belassen. Er brauche sein Temperament zum Dressurreiten und solle es nicht auf der Weide vergeuden. Im Stillen schüttelte er jetzt wieder darüber den Kopf und tätschelte Rivana den Hals. Ein Pferd verlor sein Temperament weiß Gott nicht durch Weidegang, eher im Gegenteil.

Fünfzehn Minuten später saß er schon auf Rivanas Rücken und lenkte die Stute in die Rebstöcke. Über die Straße war der Weg zwar kürzer, die geraden, grasbewachsenen Wege zwischen den Weinpflanzungen luden aber zu einem flotteren Tempo ein als der asphaltierte Weg.

Rivana fand diese Idee auch besser, gab ein erneutes Schnauben von sich und tänzelte vor Ungeduld.

»Gleich, Mädchen, gleich.« Robert lachte und vergaß

für einen Moment seine Sorgen, während sich die Atemwolken seines Pferdes mit dem Morgendunst vermischten.

Er trabte über die Hügel Richtung Westen. Rivana hatte eine gute Kondition und war lauffreudig. Sie stammte noch aus der Zucht seines Vaters, das letzte Fohlen, welches unter seiner Obhut auf dem Château de Mérival geboren worden war. Eigentlich hatte sie das Blut bekannter Springpferde in ihren Adern, aber Robert interessierte der Sport nicht mehr so, und er wusste, dass die Stute hier draußen in der freien Natur mit dem Wind in der Mähne auch glücklicher und besser aufgehoben war.

In einem Bogen umritt er das Land der Domaine Levall. Zwar hatte Maxime früher auch nie etwas gesagt, wenn er diesen Weg genutzt hatte, doch seit die Stimmung zwischen den Nachbarn gänzlich eingefroren war, vermied er ihn. Warum musste immer alles so schwer sein? Mit einer gütlichen Einigung hätte er den Levalls sogar helfen können, ihr Weingut zu erhalten. Vertreiben wollte er sie ja weiß Gott nicht. Und sich selbst hätte er mit einer gütlichen Einigung natürlich auch wesentlich einfacher den Bestand sichern können. Doch Pierre Mergot war da wenig taktvoll vorgegangen. Er hatte zunächst Maxime Levall über die Planungen des Ferienkomplexes informiert und ihm dann ganz kühl das Angebot für dessen Ländereien gemacht.

Robert kannte Maxime schon sein ganzes Leben lang. Wie es einst sein Vater auch gewesen war, war Maxime mit diesem Landstrich so fest verwurzelt, dass es kaum möglich war, ihn davon zu lösen. Die Anfrage nach einem Verkauf wurde als direkter Angriff auf jahrhundertealten Stolz gewertet, und musste tatsächlich einmal Land veräußert werden, war es, als würde man einem alten Winzer ein Körperteil abtrennen. Robert hatte schon Menschen ob dieser Schmach zugrunde gehen sehen. Das Letzte, was er wollte, war, dass es Maxime Levall so ergehen würde. Doch er steckte in der Zwickmühle. Wenn sein Nachbar nicht nachgab und Land veräußerte, dann war es unter Umständen er selbst, der zugrunde gehen würde. Fiele das Land, welches Mergot vom Château de Mérival abknapsen wollte, für den Weinanbau weg und ergäben sich keine neuen Flächen als Ersatz, würde aus dem Château wohl endgültig ein Ferienressort werden, ohne nennenswerten Weinanbau, und diese Familientradition aufgegeben zu haben würde auf Roberts Schultern lasten. Selbst jetzt auf dem Pferderücken schauderte er bei dem Gedanken. Mal ganz abgesehen davon, dass er den Weinanbau liebte und auch dieses Metier das Einzige war, in dem er sich sicher und erfolgreich fühlte.

Rivana hatte inzwischen fast selbständig den Weg von den Weinfeldern zum breiten Kieferngürtel der Küste gefunden. Ihre Hufschläge klangen gedämpft auf dem weichen Waldboden. Abertausende feine Spinnweben hingen zwischen den Bäumen und am Boden und glänzten im Licht der aufgehenden Sonne. Es roch nach Harz und nach Moos. Robert atmete tief ein. Der Wald war breit und einige hundert Jahre alt. Man hatte ihn einst auf das Land gepflanzt, um es zu entwässern. So hatte das Médoc noch einige fruchtbare Felder hinzugewonnen. Zur Küste hin war ein breiter Dünenstreifen entstanden, der das Hinterland zudem vor den Gewalten des tosenden Atlantiks schützte.

Der Boden wurde zunehmend sandiger und die Stute aufgeregter.

»Gleich, gleich.« Robert konzentrierte sich jetzt nur noch auf das Pferd, denn ein unaufmerksamer Augenblick, und ihr Laufwille würde wohl mit ihr durchgehen. Die Bäume des Waldes wurden niedriger, und es schien, als würden sie sich dicht an dicht gedrängt zum Schutz gegen Sturm hinter die Dünen kauern. Rivana sprang mit einigen kraftvollen Sätzen die sandige Barriere empor und ebenso behende auf der anderen Seite wieder hinunter. Nun trennten sie nur noch wenige Meter vom Wasser. Die Sonne blendete durch den fast weißen Sand, Wellen rollten unablässig heran und verursachten ein ohrenbetäubendes Rauschen, Möwen jagten im Tiefflug über die Gischt. Robert spürte, wie sich das Pferd unter ihm in freudiger Erwartung spannte. Er lenkte es nach links, und kaum hatte es den ersten Huf auf den trittfesten, feuchten Sand am Rand des Wassers gesetzt, gab er ihm die Zügel frei. Rivana sprang mit einem enormen Satz nach vorne, streckte den Hals und galoppierte los. Robert beugte sich tief über den Hals des Tieres und genoss es, dessen schnelle Beine und arbeitende Muskeln unter sich zu spüren.

Als er Rivana einige Zeit und etliche Kilometer später wieder in Richtung Wald lenkte, war sie verschwitzt und atmete noch heftig, signalisierte ihm aber mit einem Schnauben, wie zufrieden sie war. Robert klopfte ihr den

Hals und fühlte sich ebenso für kurze Zeit befreit. Seine Gedanken waren dem schnellen Ritt nicht hinterhergekommen, und während auch er versuchte, seinen Herzschlag zu beruhigen und das Adrenalin aus seiner Blutbahn zu bekommen, welches dieser scharfe und schnelle Ritt in ihn hineingepumpt hatte, befanden sie sich schon wieder im Schatten der hohen Nadelbäume.

Der Heimweg war etwas länger durch die zurückgelegte Strecke, und Robert entschied, doch den Weg ganz am Rand von Levalls Weinfeldern zu nehmen. Um diese Uhrzeit wäre dort sicher noch niemand am Arbeiten.

Die Sonne stand inzwischen hoch am Himmel und hatte den letzten Dunst aufgelöst. Vögel saßen in den Rebstöcken und zwitscherten um die Wette. Hier und da huschte ein Hase erschrocken auf, und sogar einige Rehe schauten aus der Ferne zu dem Reiter und sein Pferd auf.

Kurz bevor Rivana ihre Hufe wieder auf das eigene Land setzte, blieb sie plötzlich abrupt stehen und hob mit gespitzten Ohren den Kopf. Robert wurde jäh aus seiner Gedankenleere gerissen. Dies waren die Landabschnitte, die Mergot und er von Maxime Levall kaufen wollten. Sie grenzten direkt an das Land des Château de Mérival und waren somit perfekt zur Erweiterung dessen Weinanbaugebiets, zumal es sich dort um sehr alte und wertvolle Reben handelte. Etwas, was Mergot nicht zu schätzen wusste, aber es war nicht unerheblich.

»Ho, was ist denn, Mädchen?« Robert versuchte, Rivana mit dem Schenkel voranzutreiben, doch sie stand wie angewurzelt. Er folgte ihrem Blick. Vielleicht hatte sie die anderen Pferde auf den Koppeln entdeckt? Aber sie schaute nicht in die Richtung des Châteaus, sondern starrte auf irgendetwas auf dem Land der Domaine Levall. Robert musste blinzeln und traute seinen Augen kaum. Inmitten der Weinstöcke stand völlig deplaziert, blendend weiß und wie ein riesiger Fremdkörper, ein fast hausgroßes Wohnmobil. Er beschirmte mit einer Hand die Augen, um besser sehen zu können. Das konnte doch nicht sein? Rivana zog schnorchelnd die Luft durch die Nüstern. Auch ihr schien dieses Objekt mehr als fremdartig an diesem Ort vorzukommen. Als sich dann auch noch die Tür dieses Vehikels öffnete, musste Robert die Zügel kurz fassen und beide Beine fest an den Pferdekörper legen, denn die Stute war kurz vor der Flucht.

Robert entfuhr ein ungläubiges Fluchen. Aus dem Wohnmobil stieg nun seelenruhig ein kleiner gedrungener Mann – nackt!

Robert schüttelte den Kopf und trieb Rivana scharf an. Was zum Teufel hatte sich sein Nachbar nun wieder einfallen lassen? Pierre Mergot wäre über einen nackten Camper auf seinem schon so gut wie gekauft geglaubten Weinfeld sicher nicht erfreut, so viel war klar. Und Robert fand einen fremden nackten Mann am Morgen auch nicht sonderlich erquickend.

7

Cora schreckte hoch. Hatte sie verschlafen? Sie brauchte einen Augenblick, um sich zu orientieren. Das ruckartige Hochfahren aus dem Schlaf bekam ihrem Kopf nicht. Ein kurzer stechender Schmerz, der dann als dumpfes Gefühl irgendwo hinter ihrer Stirn hängen blieb, erinnerte sie an den sehr weinlastigen ersten Abend hier auf der Domaine Levall. Sie ließ sich nochmals in die Kissen zurücksinken und versuchte, ihren Kopf bequem zu lagern. O weh, da musste sie aufpassen, dass sie nicht den ganzen Aufenthalt hier fortan jeden Morgen so erwachen würde. Der Wein gehörte hier wohl tagtäglich dazu wie in England der Tee.

Draußen schien die Sonne bereits und zauberte bewegte Lichtspiele auf die Vorhänge. Cora lauschte. Es war still. Um diese Uhrzeit dröhnte in London für gewöhnlich der Straßenlärm. Hier hörte sie gerade mal einen Vogel zirpen. Ebenso fehlten die Geräusche der Menschen um sie herum. Keine Schritte auf der Treppe des Wohnhauses, kein Mülltonnengeklapper vor dem Fenster und auch kein schrilles Telefonklingeln bei der schwerhörigen alten Mrs. Frourt, die oben rechts wohnte. Es fühlte sich ungewohnt an, so in der Stille zu sein.

Cora raffte sich auf und erhob sich vorsichtig, um nicht wieder eine protestierende Reaktion ihres Kopfes zu erhalten. Noch etwas benebelt schnappte sie sich ihre Kulturtasche und tappte ins Bad. Neben der gusseisernen Wanne gab es auch noch eine moderne Dusche. Kurze Zeit später ließ sie sich schon das kühle Wasser über die Schultern laufen, und ihre Lebensgeister kamen so langsam in Schwung.

Als sie in der Küche eintraf – es war weit nach zehn Uhr –, werkelte Valeska dort bereits fröhlich rum.

»Guten Morgen. Haben Sie gut geschlafen?« Ihr breites Lächeln bezog sich eindeutig auf Coras nächtlichen Zustand.

»Ja, danke.« Cora versuchte, sich ihren Kater nicht anmerken zu lassen. Allerdings überlegte sie, was sie noch wirklich erlebt hatte und was dann die Träume zu ihr gebracht hatten.

»Möchten Sie einen Kaffee? Die Männer sind schon früh los. Pascal hat gesagt, ich soll mich etwas um sie kümmern.« Ohne Coras Antwort abzuwarten, stellte Valeska ihr eine große Tasse dampfenden Kaffee auf den Tisch und bedeutete ihr, sich zu setzen.

»Danke. Ist … ist da gestern Nacht noch so ein großes Wohnmobil angekommen?« Dies war eindeutig der Teil, der ihr nach der vierten oder fünften Karaffe Wein so surreal im Kopf geblieben war, dass sie nicht recht wusste, ob es in der Tat geschehen war.

Valeska lachte. »O oui, auch Engländer. Sie waren spät, die Anfahrt war wohl nicht einfach. Es sind ebenfalls Gewinner von einem Stück Land, und sie haben es auch gleich heute Morgen in Beschlag genommen. Zumindest hat Pascal sie hingebracht.«

»Mit dem riesigen Wohnmobil?«

»Ja, mit dem Wohnmobil.« Valeska warf ein Geschirrtuch über eine Stuhllehne und stemmte die Hände in die Hüften. »Unter uns, ich glaube, da werden Pascal und Maxime noch Ärger haben. Aber das soll uns nicht kümmern, oder? Was haben Sie heute vor, Madame Thompson?«

Cora zuckte mit den Schultern, während sie an ihrem Kaffee nippte. »Ich weiß es noch nicht so genau und … Cora, sagen Sie doch bitte Cora.« Sie fühlte sich seltsam so als Gast, aber eben nicht in einem neutralen Hotel, sondern irgendwie mitten in einer … Familie. Sie wollte sich hier sicher nicht zu sehr häuslich einrichten, aber sich als Fremdkörper fühlen auch nicht. Dafür waren die ganze Umgebung und das Haus zu heimelig.

»Also ich fahre gleich nach Soulac zum Markt. Ich muss jetzt ja ein paar mehr hungrige Münder füllen. Haben Sie Lust, mich zu begleiten?«

Cora lächelte. »Ja, gerne.«

❦❦❦❦❦❦

Valeska besaß ein kleines blaues Auto, das rappelte und schepperte und an so mancher Kurve eine grauschwarze Rauchwolke ausspuckte, aber Valeskas Optimismus, dass dieses Wägelchen sie noch überall hingebracht hätte, überzeugte auch Cora, selbst wenn sie sich mehrmals Hilfe suchend an den Türgriff klammerte, weil der ungewohnte

Rechtsverkehr sie irritierte. Doch sie erfuhr nebenbei noch einiges mehr über die Haushälterin der Domaine Levall, was sie etwas ablenkte. Valeska erzählte, dass sie gut einen Kilometer entfernt am Rand von Grayan-et-l'Hôpital wohne und zwei erwachsene Söhne habe, die aber beide schon lange nicht mehr hier auf dem Land leben würden. Der Ältere sei in Nantes, der Jüngere bei Marseille. Ihre Stimme klang bei diesen Erklärungen etwas wehmütig. Ihr Mann sei einst auf großen Frachtschiffen zur See gefahren. Vor acht Jahren sei er von einer Reise nicht zurückgekehrt. Irgendwo in einem südamerikanischen Hafen habe ihn der Schlag getroffen. Kurzes berührtes Schweigen breitete sich aus. Dann winkte Valeska aber schnell ab. Sie habe ja noch Maxime und Pascal, um die sie sich kümmern könne.

»Und Sie, Cora? Warten in London Mann und Kinder auf Sie?«

Cora lachte laut auf. »Nein, ich bin alleine.«

»Oh!«

War das ein überraschtes Oh oder ein mitleidiges? »Ich arbeite halt sehr viel«, versuchte sie, sich zu rechtfertigen.

»Pascal sagte mir, Sie hätten ihren Job verloren?«

Cora hob entwaffnet die Hände. Also war sie schon persönlicher in die Domaine Levall involviert, als sie gedacht hatte. »Ja, das stimmt. Ich suche gerade einen neuen. Und die Reise hier war eine kleine willkommene Auszeit.«

»Ja, da hat Pascal sich mit diesem Gewinnspiel aber auch was einfallen lassen. Ich meine … ich freue mich, dass es so einen netten Gast wie Sie jetzt zu uns gebracht hat, aber

98

Maxime und ich waren zunächst gar nicht begeistert von dieser Idee, zumal …«

Cora horchte auf, aber Valeska brach den Satz ab. Sie hatte sich schon gestern auf dem Weg in die weinbewachsenen Hügel gefragt, warum Pascal und sein Onkel drei Stücke Land einfach verschenkten. Das hatte doch sicherlich irgendeinen anderen Hintergrund, als nur ein bloßer Werbegag zu sein. Doch sie konnte sich noch keinen Reim darauf machen. Valeskas Andeutungen bestärkten sie aber jetzt in dem Gefühl, dass da mehr dahintersteckte.

»Na ja, zumindest Ihnen gönne ich das. Ich finde, Sie passen gut hierher. Und das mit deiner Arbeit wird sich auch einfinden, du bist doch ein toughes Mädchen.« Valeska schenkte Cora ein liebevolles Lächeln. Cora fühlte sich geschmeichelt, kannten sie sich doch nicht einmal vierundzwanzig Stunden. Sie hatte die Haushälterin schon in ihr Herz geschlossen, und diese sie wohl auch. »Was diese Camper angeht … na ja, das warten wir mal ab. Und den dritten Gewinner, laut Pascal auch eine Frau aus England, aber die hat sich noch nicht gemeldet.«

»Nicht?«

»Nein. Auf die Einladung, die Pascal ja an alle verschickt hat, kam keine Rückantwort.«

»Wahrscheinlich hat sie es nicht geglaubt.« Cora machte eine umfassende Bewegung mit dem Arm. »Ich meine, ich war auch wirklich skeptisch, aber jetzt … bin ich ja hier.«

»Manchmal muss man auch an die verrückten Dinge im Leben glauben. Also ich … ich habe mal eine Kettensäge gewonnen.« Valeskas Wangen wurden noch ein bisschen rosiger, weil sie lachte. »Ich! Dabei wollte ich doch lieber den neuen Kühlschrank gewinnen, da bei diesem Preisausschreiben in dieser Zeitung damals. Maxime meinte zwar, ich könne das Ding sicherlich gut in der Küche gebrauchen, aber Pascal hat es dann später für mich verkauft, und ich bekam doch noch meinen neuen Kühlschrank.« Belustigt zuckte sie mit den Schultern. Manchmal spielt das Glück auf Umwegen.

»Pascal ist schon recht geschäftstüchtig, was?« Cora versuchte geschickt, das Gespräch auf den jungen Franzosen zu lenken.

»O ja. Seit der wieder auf der Domaine ist, geht es zunehmend aufwärts.«

»War er nicht immer da?«

»Nein, nein, Pascal hat früher in Bordeaux gelebt, dort studiert und hatte eine Frau.«

»Eine Frau?« Diese Antwort gab ihr einen kleinen Stich, auch wenn sie es sich nicht eingestehen wollte.

»Ja, aber die sind schon lange nicht mehr verheiratet. Die waren damals beide einfach noch zu jung, und dann trennten sich die Lebenswege wohl wieder. Pascal ist ja auch kein Kind von Traurigkeit. Zumindest war es für Maxime ein Glücksfall, dass die seinen Neffen vor die Tür gesetzt hat und er dann plötzlich bei ihm stand. Nach Hause wollte er wohl nicht mehr. Na ja, Maxime hat ihm Asyl geboten, und … der Pascal ist ja kein Dummer, der hat studiert … und seit er sich um die Vermarktung des Weins kümmert, läuft es ja für alle ganz gut.«

»Ja, diese Weinprobe, auf der ich in London gewesen bin, das hat er gut gemacht.«

»So, wir sind gleich da. Hast du heute Abend Lust auf was Spezielles? Die Männer mögen ja fast nur Brot und Schinken, aber ich koche jetzt mal was Anständiges für alle.«

»Oh, ich weiß nicht. Ich bin aber sicher, alles, was Sie …«

»Du.« Valeska nahm kurz die rechte Hand vom Steuer und legte sie Cora liebevoll auf den Arm. »Ich bin sicher, alles, was du zauberst, wird fabelhaft schmecken.«

Cora musste schlucken. Das Gefühl, in Valeska eine mütterliche Freundin gefunden zu haben, überfiel sie dermaßen, dass ihr Mund ganz trocken wurde. Was eine kurze Stunde Autofahrt bewirkte und schon wieder veränderte.

Die Markthalle von Soulac-sur-Mer erinnerte Cora von außen spontan an einen Bahnhof. Man betrat den Markt durch ein großes Portal, vor dem es noch seltsam ruhig gewesen war. Dahinter verbarg sich ein ganz eigenständiger Mikrokosmos von unzähligen Ständen. Wie schmale Straßenzüge zogen sich die Gassen zwischen aufgebauten Handelswaren. Ein Gewirr von Geräuschen, Menschen, Stimmen und vor allem auch Gerüchen machte einem die erste Orientierung schwer. Cora blieb dicht hinter Valeska, die sich hier bestens auszukennen schien und schnurstracks in das Gewimmel eintauchte. Cora versuchte, im

Vorbeigehen die prall gefüllten Auslagen der Stände zu erkennen – Gemüse, Obst, Früchte, aber auch Fleisch und Fisch. Dazwischen immer mal wieder Stände, an denen es bereits Gegartes zu kaufen gab und von denen kleine Dampfwolken bis hoch zum stählernen Dachaufbau zogen. Der salzige Meeresgeruch des frischen Fisches vermischte sich nach wenigen Metern mit dem intensiven Duft von Vanille und reifen Pfirsichen, dann wurde er abgelöst von einem scharfen Geruch, der von traubenartig aufgehängten Chilischoten ausging, der wiederum alsbald vom Knoblauch überdeckt wurde, welcher auf großen Tellern pyramidenartig aufgeschichtet worden war. Dies waren aber auch die Lebensmittel, die Cora gerade noch so erkannte. Vieles an Gemüse und Obst hatte sie noch nie zuvor gesehen, geschweige denn, dass sie gewusst hätte, wie man es in der Küche verarbeitete. Kochen war bisher weder ihre Stärke noch ihre Leidenschaft gewesen.

Valeska hatte wohl ihre angestammten Händler. Hier und da stoppte sie zwar und besah sich die Auslage, kaufen tat sie dann aber nur bei ausgesuchten Ständen. Die Gespräche mit den Händlern verliefen fast schon privater Natur. Cora musste sich etwas anstrengen, um dem nun stark ländlichen Akzent noch folgen zu können. »Wie geht es der Schwester?« – »Ja, das Wetter ist perfekt.« – »Nein, Maxime hat noch nicht mit der Weinlese begonnen.« – »Ach was, Fabrice' Kutter ist kaputt?« Valeska schien hier jeden zu kennen. Cora schenkte man zumeist ein freundliches Lächeln. Hier und da hörte sie ein »Ach, einer der englischen Gäste?«, kombiniert mit einem süffisanten

Lächeln, das sie nicht ganz einordnen konnte. Zumindest wusste man hier in der nächstgrößeren Stadt schon von »den englischen Gästen«, was in Anbetracht der unzähligen Touristen, die sich ebenso durch die Gänge der Markthalle bewegten wie sie gerade, durchaus seltsam war.

Valeska riss Cora irgendwann aus ihren Überlegungen. »Fisch? Ich glaube, wir grillen heute Abend Fisch. Dazu mache ich Muscheln, einen Salat mit Feigen und Senf-Rotwein-Dressing und zum Nachtisch frische Crêpes – was denkst du?«

Cora nickte nur, allerdings knurrte ihr Magen jetzt schon auffordernd bei dieser Aufzählung.

≪≪≪≪≪

Am frühen Nachmittag befanden sie sich auf dem Rückweg, den kleinen Kofferraum des Wagens vollgepackt mit allerhand Lebensmitteln, welche in Coras Augen ausreichen mussten, um sie alle mindestens vier Wochen problemlos zu versorgen.

Nach dem Gewusel in der Markthalle war die Ruhe auf der Domaine Levall fast beängstigend. Wieder zirpte nur eine Grille, es zwitscherten Vögel, und ein leichter Wind raschelte mit den Blättern der Bäume. Selbst der Esel sparte sich bei der Wärme die Begrüßung des kleinen Wagens. Cora half Valeska noch beim Ausladen. Korb um Korb trugen sie in die Küche. Dann machte Valeska eine winkende Handbewegung, als wollte sie Cora aus der Küche vertreiben.

»Jetzt mach ich alleine weiter, du bist schließlich im Urlaub. Geh dich etwas ausruhen.«

Cora war fast ein bisschen enttäuscht. »Darf ich dir heute Abend helfen? Ich bin zwar keine gute Köchin, aber …«

»Natürlich.« Valeska lächelte sie amüsiert an. »Schätze, du wirst zumindest besser helfen können als einer der Männer. Die können einen Topf ja nicht von einer Pfanne unterscheiden.« Zwinkernd schob sie Cora nun aber aus dem Raum. »Jetzt geh dich erholen.«

Cora verspürte keine Lust, sich bei dem schönen Wetter auf ihr Zimmer zurückzuziehen, und so ging sie aus der Küche hinaus über die Terrasse in Richtung der Weinfelder. Die Luft hatte sich mittlerweile merklich aufgeheizt, und zwischen den Rebstöcken flimmerte es. Es war die Zeit des Tages, zu der selbst die Vögel eine Pause einlegten. Cora gewöhnte sich langsam an die Wärme, und durch den immerwährend leicht gehenden Wind wurde es hier auch nicht so schwül und drückend, wie sie es aus London kannte. Dort, so denn der Sommer einmal seinen Trumpf ausspielte, wurde es zwischen den Häusern schnell unerträglich. Die Abgase der Stadt taten ihr Übriges. Dann konnte man es nur noch an wenigen Plätzen entlang des Themseufers aushalten. Allerdings kam auch meist ein Großteil der Bewohner auf diese Idee, und man fand sich schnell in dichtem Gedränge wieder. Hier, in der Weite des Médoc, wurde Cora plötzlich bewusst, wie sehr sie einige Vorzüge des Landlebens doch vermisste, vor allem etwas Ruhe, frische Luft und eine weite Sicht. Gemütlich schlenderte sie den Grasweg entlang der Rebstöcke. Heute, wo sie ihr eigenes Tempo laufen konnte, kam sie auch nicht so außer Atem wie gestern. Ein leises Tuckern drang von einer Hügelkuppe an ihr Ohr. Suchend sah sie sich um. Hinter ihr lag auf der Anhöhe die Domaine, das Haus glänzte fast silbern im Schein der Sonne. Auf einem Hügel weiter rechts erspähte sie einen grünen Traktor. Mit der rechten Hand beschirmte sie ihre Augen. Es war Pascal, der die Maschine fuhr. Ein Stück dahinter folgte eine Gestalt, wohl Maxime, zu Fuß. Cora musste lächeln. Bei Pascal traf eine merkwürdige Mischung aus Geschäftsmann und Naturbursche aufeinander. So wie sie ihn in London erlebt hatte, hätte sie ihn eher nicht auf einem Traktor vermutet, eher in schicken Restaurants oder gar Clubs. Dass seine gesunde Bräune und seine sportliche Figur nicht von einem Strandurlaub und einem Fitnessstudio herrührten, sondern in der Tat von körperlicher Arbeit, machte ihn umso reizvoller. Sie nahm ihre Hand wieder hinunter und ging weiter. Dabei lächelte sie still in sich hinein. Ja, er war schon sehr reizvoll, und sie kam nicht umhin, sich auf einen weiteren Abend in seiner Gesellschaft zu freuen.

Ihr Stück Land konnte Cora kaum verfehlen, denn nicht mal hundert Meter weiter stand mitten auf dem Wirtschaftsweg das Wohnmobil. Wie ein überdimensionaler weißer Pilz hob es sich von der sonst so gedämpft grünbraunen Landschaft ab. Cora schauderte. Ob dieses Pärchen allen Ernstes vorhatte, die ganze Zeit dort stehen zu bleiben? Das weiße Ding war bestimmt über Kilometer hinweg sichtbar und nun wirklich keine Bereicherung für diesen Fleck Erde. Eigentlich war sie kein voreingenommener Mensch, aber dass sich Leute so deplaziert hinstellten – anders konnte man dies hier wohl kaum nennen –, ärgerte sie ein bisschen, zumal es auch Engländer waren.

Cora lief einen großen Bogen um das Wohnmobil, bei dem es Gott sei Dank still war. War sie noch auf ihrem Stück Land? Sie wusste es nicht, aber dort, wo der Hügel sanft abfiel, hatte sie plötzlich wieder freie Sicht auf das Château der Nachbarn. Was war es doch für ein beeindruckendes Haus. Sie hielt bedächtig inne. Die Bauweise war deutlich verspielter, als sie es von englischen Herrenhäusern kannte. Diese waren gerne groß und kastenförmig, und selbst wenn es angebaute Türme oder Erker gab, hielten diese sich an gerade Formen. Das Château, das sich sanft in die Mulde zwischen den grünen Hügeln schmiegte, wirkte eher wie mit weicher Hand gezeichnet, die Farben und Formen eher verspielt als bewusst pompös und der ganze Komplex auf Harmonie und Unauffälligkeit bedacht. Alleine schon, dass es in einer Talsenke stand, sprach von einer gewissen Bescheidenheit. Die Engländer bauten ihre Häuser dagegen lieber genau mittig auf die höchste Erhebung ihres Landes, damit auch jeder sehen konnte, wer das Sagen hatte. Cora kam nicht umhin, sich vorzustellen, wie es wohl im Innern aussah. Wahrscheinlich gab es lange Flure, unzählige Zimmer und eine Armada von weiß beschürzten Dienstmädchen, die auf leisen Sohlen durch das Haus huschten. Oder hatte sie da nur wieder zu viel ferngesehen? Sie musste lachen. Na ja, diese ganzen Quadratmeter selbst wischen tat die Hausherrin wohl kaum oder wer auch immer dort leben mochte. Leider würde ihr ein Einblick hinter diese Mauern wohl nicht gegönnt. Cora stieß einen Seufzer aus und wandte sich erneut der Hügelkuppe zu, auf der die Domaine Levall lag. Sie hatte es ja nicht schlecht getroffen. Und wahrscheinlich war bei den eher rustikalen Levalls auch ein bequemerer Aufenthalt möglich als in einem Haus, welches aussah, als bedürfte es Cocktailkleidern, Golfschuhen und Abendgarderobe.

Wieder hinter Levalls Haus angekommen, hörte sie vorne auf dem Hof das Geräusch des Treckers. Sie suchte den Weg, den sie in der Nacht mit Valeska genommen hatte, als das Wohnmobil eingetroffen war, und befand sich wenig später vor dem Gebäude. Pascal bog soeben mit dem Trecker von der anderen Seite her auf den Hof ein und winkte ihr fröhlich zu. Er trug ein zerschlissenes T-Shirt und eine alte Jeans. Zudem war er unrasiert. Mit stoppeligem Dreitagebart so auf einem Trecker sitzend, sah er deutlich verwegener aus als gestern noch in seinem Sportwagen. Wie Cora schon vermutet hatte, gab es bei diesem Mann wohl deutlich mehr Facetten, als man ihm auf den ersten Blick zutraute.

»Hey!« Er rief gegen den tuckernden Trecker an und hielt direkt auf sie zu.

»Hey!«, erwiderte sie und winkte.

In einer kleinen Staubwolke kam das Gefährt neben ihr zum Stehen.

»Wie war dein Tag? Warst du mit Valeska in Soulac?«

»Ja. Wir waren auf dem Markt und haben eingekauft.«

»Soulac ist toll. Ich werde es dir noch mal bei Nacht zeigen.« Er grinste und legte seine Hände auf die Oberschenkel. Dann schien er kurz zu überlegen. »Was ist, willst du mal fahren?«

»Ich? Das Ding?« Cora lachte und deutete auf die Landmaschine.

»Ja, warum nicht. Du hast jetzt ein eigenes Weinfeld, dann musst du auch lernen, mit solchen Geräten umzugehen. Oder glaubst du, dass ich das weitermache?«

»Ich dachte eigentlich schon. Ich kann ja schlecht alle paar Wochen von England aus herjetten, um da Unkraut zu zupfen. Darüber hast du dir wohl bei der Verlosung keine Gedanken gemacht.«

Pascal verzog das Gesicht.

Cora zeigte mit dem Finger auf ihn. »Erwischt, hast du nicht.«

»Trecker fahren macht aber Spaß. Komm, probier es mal.« Er stieg von der Maschine ab, ohne sie auszustellen.

Cora zögerte. »Aber nicht auf die Straße. Ihr fahrt hier alle so … verkehrt herum.«

»Wir?« Er lachte. »Nein, nein, das komische Fahren habt ihr Engländer erfunden.«

Cora kletterte auf den Sitz des Treckers. Pascal stieg irgendwo hinten auf, so dass er ganz dicht bei ihr stand. Cora reagierte unwillkürlich mit einem leichten Schaudern.

»Das ist das Gaspedal, da der Schalthebel und da die Bremse. Lenken ist klar, oder?«

Cora nickte. Sie war zwar noch nie Trecker gefahren,

aber schwieriger als ein Auto konnte das wohl auch nicht sein.

»Die Gangschaltung ist etwas bockig bei dem alten Ding.« Pascal beugte sich weit nach vorn, nahm Coras Hand, legte diese auf den runden Schaltknauf und drückte seine von oben fest darauf.

Cora musste nach Luft schnappen. Sie spürte seinen Körper dicht neben dem ihren, und seine Hand umschloss ihre fest.

»Jetzt erst Kupplung treten, schalten und dann Gas!«

Cora versuchte, mit ihren Füßen die passenden Pedale zu erwischen, während er ihre Hand mit dem Knauf darunter in die richtige Position drückte. Erschrocken trat sie etwas zu arg auf das Gas, und der Trecker machte einen bockigen Sprung nach vorn. Pascal stand diesen Ruck aber elegant aus und lachte. »Super, und jetzt lenken!« Er nahm seine Hand von der ihren und stützte sich seitlich auf dem großen Radkasten ab. Immer noch war er ihr sehr nah. Zwischen dem Geruch von Diesel und Abgasen meinte sie, eine Nuance seines Körpers zu erschnuppern, herb, männlich, vielleicht etwas verschwitzt, aber nicht unangenehm. »Links!« Er fasste unvermittelt an das Steuer. »Fahr bloß nichts um. Mein Onkel bringt uns sonst beide um.«

Cora bemerkte, dass sie einer kleinen Mauer, die die Scheune umfasste, bedrohlich nahe gekommen war. Sie versuchte, sich von der zunehmenden Befangenheit, die die unvermittelte körperliche Nähe zu Pascal auslöste, zu befreien. Und sie schaffte es, eine ganze Runde über den Hof zu drehen, ohne dass der Trecker noch einmal bockte.

»Gut, und jetzt da neben die Scheune.« Pascal wies auf einen Platz, an dem der Trecker wohl geparkt wurde. »Bremsen, bremsen … schalten. Stehen. Aus.« Er drehte den Schlüssel und klopfte Cora auf die Schulter. »Prima, das war nicht schlecht. Zur Not kannst du bei uns ja immer noch als Erntehelfer anfangen, wenn es mit einem neuen Job nicht klappt.«

»Du bist ganz schön frech.« Cora sah ihn gespielt empört an.

»Weiß ich, aber das mögen manche Frauen auch gerade so an mir.« Er grinste und sprang vom Trecker ab. »So, und jetzt brauch ich eine Dusche, und dann hoffe ich, dass die Damen was Gutes eingekauft haben. Ich hab nämlich einen Bärenhunger.«

Cora erschrak. Sie hatte Valeska doch gefragt, ob sie ihr in der Küche helfen könne. Im Gegensatz zu Pascal benötigte sie keine Dusche, so dass vielleicht noch Zeit bleiben würde, Valeska zur Hand zu gehen.

In der Küche angekommen, wollte Pascal gerade in den Flur zu den Zimmern verschwinden, als ein donnernder Ruf von der Terrasse in das Haus drang.

»Pascal!«

»Oho, mein Onkel.« Pascal machte auf dem Absatz kehrt und ging auf die Terrasse hinaus. Kaum war er dort angelangt, überschüttete Maxime seinen Neffen mit einem Schwall wütender und sehr lauter Beschimpfungen, so dass Valeska und Cora zugleich innehielten.

Valeska legte ihr Gemüsemesser nieder, wischte sich die Hände an ihrer Schürze ab und trat zur Terrassentür. »Na, da hat aber einer schlechte Laune. Was ist los, Maxime?«

Cora trat zögernd hinter Valeska und sah, wie Pascal ungerührt lachend vor seinem Onkel stand und dieser wütend mit den Armen fuchtelte. »Nackt! Die sitzen nackt zwischen meinem Wein!«

Pascal versuchte kurz, ernst zu bleiben, prustete dann aber doch wieder los.

»Das findest du lustig, Pascal? Das ist schließlich deine Schuld! Mach was, ich will keine Nackten auf meinem Land. Wo sind wir denn hier.« Zeternd verschwand Maxime wieder in Richtung Weinfelder.

Pascal drehte sich immer noch lachend zu den Frauen um. »Valeska, hol mal schon Schnaps für heute Abend. Ich glaub, Maxime wird den ein oder anderen heute brauchen.«

8

Während Pascal immer noch sichtlich amüsiert draußen nahe der Terrasse eine Feuerstelle entfachte und von irgendwo aus den Scheunen ein großes dreibeiniges Grillgestell hervorzauberte, half Cora wie versprochen Valeska in der Küche.

Sie hackte Kräuter, schnitt Zwiebeln und sah Valeska dabei zu, wie diese mit flinken Handgriffen die Fische ausnahm. Es war ein gutes Gefühl, durch seine Hände Arbeit Gerichte entstehen zu sehen. Während sie sorgsam den Salat zupfte, überlegte sie, wann sie das letzte Mal in ihrer Küche in London etwas Richtiges gekocht hatte, was über Kaffee und die Benutzung der Mikrowelle hinausging. Sie sollte das unbedingt wieder öfter tun. Aber es war auch etwas anderes, wenn man so wie hier gerade für mehrere Menschen kochte, als für sich allein etwas zuzubereiten. Cora seufzte leise.

Draußen stieg eine schnurgerade Rauchwolke von der Feuerstelle auf, und Pascal kam in die Küche.

»Hm, das sieht gut aus. Die Glut ist gleich so weit.«

Valeska legte die vorbereiteten Fische auf eine Platte und drückte die Cora in die Hände. »Hier, dann geht ihr mal den Fisch grillen, den Rest schaffe ich alleine hier.«

»Hast du Lust? Wollen wir heute Abend noch nach Soulac fahren?« Pascal legte die ersten Fische sorgsam auf den Rost.

»Ja, warum nicht.« Cora bemühte sich um einen gleichgültigen Ton, aber im Inneren bebte sie kurz. Natürlich wollte sie gerne mit ihm nach Soulac … ausgehen sozusagen.

»Dann halten wir uns heute mal mit dem Wein etwas zurück. Ich schätze, die Stimmung wird hier heute sowieso etwas belegt sein.« Er lachte dabei schon wieder.

»Was hatte dein Onkel denn vorhin?«

Pascal prustete. »Er hat die Davingtons bei ihrem Wohnmobil gesehen. Nun ja, die mögen es wohl ohne Kleidung.«

»Wie, so ganz ohne?« Auch Cora musste grinsen.

»Ja. Die haben wohl seelenruhig vor ihrem Wohnmobil gesessen, als mein Onkel da vorbeikam. Mrs. Davington ist aufgesprungen und hat meinen Onkel freudig begrüßt und dabei …« Pascal schlenkerte etwas mit dem Unterkörper. »Ich glaube, das hat Maxime etwas geschockt.

»O weh, ich wäre auch geschockt gewesen.« Cora kicherte. »Dann hoffen wir mal, dass die zum Abendessen bekleidet kommen.«

Beide kicherten.

»Was ist so lustig?« Maximes Stimme erklang hinter ihrem Rücken.

Pascal räusperte sich. »Nichts, wir haben gerade beschlossen, nachher noch nach Soulac zu fahren.«

»Hm«, machte Maxime nur und setzte sich an den Tisch. Von den Weinfeldern her erklangen zwei weitere Stimmen. Die Davingtons schienen sich zu nähern. Sechs Augenpaare blickten aufmerksam in ihre Richtung. Zu Coras Erleichterung kam das ältere Ehepaar in voller Bekleidung auf die Terrasse.

Pascal schnaufte schon wieder verdächtig, doch bevor ihn das Lachen überkam, stieß Cora ihn an. »Wende mal die Fische!«

»Guten Abend.« Mrs. Davington begrüßte die Anwesenden freundlich. Ihr Mann hingegen hatte ein leicht rötliches Gesicht und sah etwas verärgert aus.

Maxime schnappte gerade nach Luft, als Pascal ihm zuvorkam. »Guten Abend. Fühlen Sie sich wohl auf Ihrem neuen Stück Land?«

Mrs. Davington strahlte. »O ja, es ist wunderschön, die Aussicht perfekt und diese Luft hier.« Sie atmete einmal kräftig ein und wölbte dabei ihren üppigen Busen.

Maxime verzog das Gesicht. »Sie sollten aber aufpassen, man holt sich hier sehr schnell einen Sonnenbrand.«

»Ach, wir sind die Sonne ja gewohnt.« Die Frau winkte völlig unbedarft ab.

Mr. Davington schien nicht ganz so begeistert wie seine Gattin. »Hören Sie, Monsieur Levall, ist es möglich, dass wir dort irgendwie Strom bekommen? Unsere Batterie hält nicht ewig.«

Maxime sah den Engländer ungläubig an. »Da hinten? Strom? Wie soll ich das denn machen? Wir sind ja auch kein Campingplatz hier ...«

Pascal trat beschwichtigend zwischen die beiden Männer. »Wir können mal schauen, ob wir noch eine Batterie vom Trecker haben. Das ginge doch sicherlich auch fürs Erste, oder?«

»Ja, das ginge auch, aber …«

Mrs. Davington fasste ihren Mann beschwichtigend am Arm. »Entschuldigen Sie, er würde sich da oben am liebsten gleich fest einrichten.«

Maxime quittierte diese Aussicht mit einem Grummeln und winkte vorsichtshalber schon einmal ab. »Ich glaube nicht, dass sich die Parzelle als Dauerstellplatz für ein Wohnmobil eignet. Außerdem müssen wir den Weg da auch ab und an benutzen.«

»Wir bleiben ja auch erst mal nur zwei oder drei Wochen.« Mrs. Davington bugsierte ihren Mann zu einem Platz am Tisch. »Und was wir dann mit unserem Stück Land machen, schauen wir später. Hach, wir freuen uns so darüber.«

»Das glaub ich gern.« Maxime goss sich Wein ein, ohne seinen Gästen etwas anzubieten.

»Vielleicht können wir von dem Wein etwas zurückschneiden, dass man da besser parken kann.« Mr. Davington ließ sich auf den von seiner Frau zugewiesenen Platz nieder.

Pascal zuckte mit den Schultern. »Wäre schade um die alten Rebstöcke, aber wenn Sie das möchten.«

Maxime erhob sich barsch. »Ich geh mal Valeska helfen.« Und im Vorbeigehen raunte er Pascal zu: »Bitte schön, da hast du dasselbe Problem wie vorher.«

Cora sah ihm schweigend nach. Die aufkommende Spannung verhieß nichts Gutes.

Valeska war es, die die Stimmung dann über das Abendessen hochhielt. Sichtlich erfreut über all die Menschen an ihrem Tisch, verteilte sie das Essen, schaffte es, die Gespräche in einem neutralen Thema zu halten, und bannte Maxime immer wieder mit ihrem Blick, wenn dieser Gefahr lief, irgendetwas, was Mr. oder Mrs. Davington sagten, ungebührlich zu kommentieren. Doch Cora war erleichtert, als sich das englische Paar nach dem Essen schon bald wieder verabschiedete und zurück zu ihrem mobilen Eigenheim ging.

»Wahrscheinlich wollen sie nur schnell wieder raus aus ihren Klamotten.« Maxime sah den beiden verärgert nach.

»Maxime, bitte, jeder darf doch so, wie er mag, und …«, Valeska schenkte ihm jetzt in der Tat einen klaren Schnaps in ein kleines Glas ein, »es ist nun ihr Land. Wenn die da nackig umherlaufen wollen, bitte.«

Pascal legte seinem Onkel beruhigend die Hand auf die Schulter. »Sieh es mal so. Die Chevaliers haben jetzt wirklich eine … beeindruckende Aussicht.«

»Ja, wahrscheinlich haben wir erst mal die Polizei in den nächsten Tagen hier stehen. Was glaubst du, was passiert, wenn Madame Catherine morgen früh als Erstes einen englischen … aus der Ferne sieht.«

Pascal lachte wieder los. »Sie wird rufen: ›Rooooobert!‹ Und vielleicht kauft ihr feiner Herr Sohn dem Mr. Davington ein Höschen.«

Maxime sah seinen Neffen strafend an. »Schön, dass du das so ulkig findest. Hast du das gewusst? Ich meine, dass diese Leute …«

»Nudisten sind?« Pascal schüttelte vehement den Kopf und hob die Hände. »Nein! Ich schwöre, bei der Weinprobe waren sie vollständig bekleidet. Und auch wenn du mir das jetzt vielleicht nicht glauben magst, der Mann hat wirklich Ahnung von Wein. Daher dachte ich, es wäre eine gute Idee.«

Jetzt war es Maxime, der die Hand hob. »Bloß keine Ideen mehr, Pascal! Mit Madame Thompson haben wir ja Glück gehabt«, er zwinkerte Cora entschuldigend zu, »aber wer weiß, was diese dritte Frau noch so für Überraschungen mitbringt. Hatte die vielleicht zehn Kinder?«

Pascal wurde ernst. »Nein, ich glaube nicht. Ich glaube allerdings auch nicht, dass sie sich noch meldet. Bisher hat sie ja noch gar nicht auf unser Schreiben reagiert.«

Maxime stand auf. »Mir reicht's für heute. Fahrt ihr mal noch schön nach Soulac.«

Pascal warf Valeska kurz einen fragenden Blick zu.

»Geht schon, ich komm alleine klar.«

Cora besann sich auf ihre guten Manieren. »Das Essen war hervorragend.«

»Hast ja auch etwas dazu beigetragen. Du darfst gerne wieder helfen, aber jetzt geht euch amüsieren.«

<hr>

Sie fuhren mit dem schnittigen Sportwagen dem Sonnenuntergang entgegen. Cora hatte sich vorsorglich ihre Haare fest zu einem Knoten gebunden und sich eine dünne Jacke über die Schultern gehängt. Pascal hatte das Radio angedreht, und zu dem Fahrtwind mischten sich nun leise französische Klänge. Cora fühlte sich satt und entspannt. Sie hoffte, dass Pascal sie jetzt nicht die ganze Nacht durch irgendwelche Discos schleifte. Beide hatten sich noch vor der Abfahrt umgezogen. Cora trug jetzt eins der zart gemusterten Sommerkleider, die Ivy ihr noch aufgedrängt hatte und die in dieser Gegend wirklich ganz anders an ihr wirkten als in dem grauen Betoneinkaufsmeiler mitten in London. Pascal trug eine helle Leinenhose, ein blaues Shirt und darüber ein legeres Jackett, nicht zu sportlich, nicht zu feierlich. Cora wusste immer noch nicht, wohin er sie ausführen wollte.

»Warum habt ihr eigentlich dieses Land verschenkt?« Diese Frage brannte Cora schon den ganzen Abend unter den Nägeln, aber in Maximes Beisein war es wohl unklug, sie zu stellen.

Pascal sah sie kurz prüfend von der Seite an, dann verzog er das Gesicht, als hätte er ein Geständnis zu machen. »Na ja … also es ist schon so, dass wir das nicht ganz ohne Grund gemacht haben. Unsere Nachbarn … die Chevaliers …«

»… die von dem pompösen Château«, vervollständigte Cora.

»Ja, genau die. Die versuchen uns gerade aufzukaufen.«

»Wie?« Cora fuhr verdattert herum und sah Pascal direkt an.

»Sie wollen unsere Domaine kaufen, weil sie auf ihrem Land eine große Ferienanlage bauen wollen.«

»Da unten bei denen im Tal? Das ist doch … Verschandelung.« Cora dachte an die malerische Aussicht, die sie vor wenigen Stunden noch genossen hatte, und ließ sich wieder in ihren Sitz sinken.

»Tja, der Kommerz macht wohl auch vor unserer Gegend nicht halt.« Pascal griff resigniert fester um das Lenkrad. Cora sah ihm sofort an, dass ihn das Thema mehr bewegte, als er sich gerade anmerken ließ.

»Und was habe nun ich oder besser gesagt wir als Gewinner der Landstücke damit zu tun?«

»Ganz einfach, je mehr Besitzer das Land hat, desto schwerer wird es hoffentlich für die Chevaliers, es aufzukaufen.«

»Du spielst also auf Zeit.«

»Ja.«

»Und dein Onkel macht das mit?«

Pascal hob die Schultern. »Alternativ können wir den Chevaliers natürlich auch alles dankend in die Hand geben. Nur, dann verlieren wir hier alles. Kannst du …«, so ernst hatte Cora ihn in den letzten zwei Tagen nicht ein Mal erlebt, und sein Blick sprach Bände, »… kannst du dir meinen Onkel woanders vorstellen? Irgendwo in einer kleinen Zweizimmerwohnung in irgendeinem Dorf hier? Glaub mir, selbst die großzügigste Apanage würde … Wenn er die Domaine verliert, wird er daran zugrunde gehen.«

Coras eben noch beschwingte Stimmung fror ein bei diesen Worten. Er hatte recht. Selbst wenn sie die Levalls noch nicht so lange kannte, sie gehörten hierher, wie auch die alten Rebstöcke hierher gehörten. So ein Weingut, auf dem Generation für Generation der Familie aufgewachsen war, das gab man nicht auf.

»Und du meinst, du kannst das alles noch abwenden?«
Coras Stimme war kaum zu hören, doch er verstand sie.

»Ich weiß es noch nicht, ich hoffe es einfach. Zumal ich jedem anderen die Domaine geben würde, nur nicht Robert Chevalier.«

Cora fragte lieber nicht weiter. So wie Pascal den Namen ausspie, lag da deutlich mehr dahinter als nur der bloße Streit um etwas Land oder ums Geld. Wahrscheinlich waren in diesem Landstrich auch alte Familienfehden so fest verwurzelt wie der Wein.

Nachdem eine gefühlte Ewigkeit Schweigen herrschte, fuhr Pascal mit versöhnlich klingender Stimme fort: »Aber das braucht dich nicht zu kümmern. Wenn die Chevaliers dir wegen deines Landes Probleme machen, dann bin ich natürlich da.«

Cora wusste noch nicht, welche Art von Problemen sie wohl erwarten könnten, aber ihr lustig gedachter Gewinnerurlaub bekam einen dunklen Schatten.

9

Catherine Chevalier legte sorgsam ihre Serviette zusammen und dann neben den Teller. Im Hause Chevalier gab es nur feine Damastservietten, Papier war in den Augen von Roberts Mutter nun mal nicht standesgemäß.

Robert störten manchmal solche Kleinigkeiten. Jedes Essen bedeutete einen Waschgang für die Haushälterin, mal abgesehen von der aufwendigen Arbeit, diese Dinger wieder in Form zu bügeln.

Das Abendessen war eher schweigsam verlaufen. Robert hatte einen nervenaufreibenden Tag im Büro des Châteaus hinter sich. Nach dem morgendlichen Schreck, einen nackten Mann zwischen den Weinstöcken des Nachbarn zu erblicken, war der Tag nicht besser geworden. Ein Lieferant von Maschinenteilen kündigte an, dass ein wichtiges Ersatzteil für eines der Förderbänder in der Kelterei wohl erst wieder in einigen Monaten lieferbar sei. Dann erhielt er per E-Mail die ersten Entwürfe für die neuen Flaschenetiketten, auf denen ein unschöner Druckfehler war, und wenig später kam Pierre Mergot wieder mit seinen Bauplänen.

Am Nachmittag hatte sich dann auch noch Isabel über

irgendetwas mit seiner Mutter gestritten und glänzte ab der Stunde mit schlechter Laune. Manchmal war Robert es wirklich satt. Einzig seine Mutter wirkte heute recht fröhlich, aber sie hatte wohl auch noch nicht das Wohnmobil auf dem Weinfeld des Nachbarn entdeckt. Es war also anscheinend wirklich so, dass diese Landstücke den Besitzer gewechselt hatten, und die machten von ihrem neuen Land auch gleich Gebrauch. Camper aber waren für Catherine Chevalier fern ab von jedem zivilisierten Leben.

Pierre Mergot hatte sich am Essen gütlich getan. Nicht nur, dass er sich von Anfang an ganz selbstverständlich auf den Platz niedergelassen hatte, dem einst Roberts Vater vorbehalten gewesen war, er schien hier auch der heimliche Hausherr zu sein. Der Haushälterin, die zugleich auch die Küche umsorgte, bereitete er ganz neue Probleme. Sein Arzt hatte ihm empfohlen, auf Laktose und Fett zu verzichten. Isabel störte dies weniger, ernährte sie sich doch überwiegend von Salat. Robert jedoch mochte es auch mal deftig und süß, aber der Pudding schmeckte einfach nicht mehr so wie früher.

Im Stillen fragte sich Robert mal wieder, ob er überhaupt geeignet war, Feriengäste auf seinem Grund und Boden zu ertragen. Er mochte einfach keine Veränderungen. In seinem Leben hatte sich in den letzten Jahren schon genug verändert. Warum konnte dann nicht wenigstens in seinem Zuhause alles so bleiben, wie es immer gewesen war? Doch dieser Wunsch zerplatzte jäh, als Mergot ihn nach dem Essen erneut auf das Problem mit dem Nachbarn ansprach.

»Ich habe meinen Anwalt heute angewiesen, den neuen

Besitzern der Landstücke entsprechende Angebote zu unterbreiten. Sie werden sie wohl kaum ablehnen.« Er lachte etwas gehässig.

»Ach, Papa, das ist so unglücklich gelaufen, dass es dich jetzt so viel mehr Geld kosten wird.« Isabel tätschelte ihrem Vater den Handrücken.

»Ja, ich dachte ja eigentlich, mit einem guten Angebot für die ganze Domaine wäre dies abgetan, aber was tut man nicht alles.« Sein verdrießliches Gesicht war eindeutig aufgesetzt, denn selbst wenn der nun noch aufzubringende Betrag in die Hunderttausende ging, bezahlte ein Pierre Mergot das aus der Portokasse.

»Und wenn einer von denen oder gar alle nicht verkaufen wollen?« Robert konnte einfach nicht anders, er musste seinem Schwiegervater in spe etwas den Wind aus den Segeln nehmen.

»Glaub mir, Robert, die werden das nicht ablehnen.«

»Ich hoffe, dann ist endlich mal Ruhe in dieser ganzen Sache.« Catherine, die sich zu den geschäftlichen Dingen eigentlich stets zurückhielt, nippte pikiert an ihrem Glas. Roberts Vater hatte sich viele Jahre um ein gutes Verhältnis zu den Nachbarn bemüht, wofür Catherine ihn oft getadelt hatte. Die Familie Chevalier – Catherine war die Tochter des Hauses, Roberts Vater einst nur eingeheiratet von einem Weingut von der anderen Uferseite der Gironde – führte schon seit Ewigkeiten eine Fehde mit den Levalls. So recht wusste Robert gar nicht, was einst der Auslöser gewesen war, zumindest war es weit vor seiner Geburt damit wohl losgegangen. Seinen Vater hatte dies kaum interessiert, und auch Maxime Levall war eigentlich ein friedfertiger Mensch. Die beiden hatten sich insgeheim gut verstanden. Catherine hingegen machte nie einen Hehl daraus, dass ihr die Levalls zuwider waren. Daher war sie auch ganz und gar nicht darüber böse gewesen, als es zwischen Robert und Pascal vor fast zwanzig Jahren einen Bruch gegeben hatte. Robert hatte sich seit Kindertagen mit Pascal gut verstanden. Dass dann ein Unglück einen noch größeren Keil zwischen die beiden Familien trieb, war Catherine nur recht gewesen. In ihren Augen waren die Levalls sowieso an allem schuld.

Robert entfuhr ein leiser Seufzer.

»Passt es dir nicht, dass ich die Angebote jetzt rausgeschickt habe?« Mergot fixierte Robert scharf.

»Doch, doch, ich war gerade mit meinen Gedanken woanders.«

»Das sind auf jeden Fall alles Engländer. Die werden das Geld nehmen und schnell wieder abhauen.« Mergot lehnte sich zufrieden zurück. »Und wenn wir dann das Land haben, können wir den alten Schuppen da oben ja auch abreißen und die Weinfelder vergrößern. Dann hast du deinen Wein, Robert, und wir haben hier unten genügend Platz für Gäste.«

Abreißen? Robert starrte Mergot ungläubig an. »Du weißt schon, dass das Haus viele hundert Jahre alt ist?«

»Ja eben. Wer will denn noch so muffige alte Buden. Wir können auch ein schönes Häuschen für euch zwei da oben auf den Hügel bauen.« Mergot sah seine Tochter an.

Isabel überlegte einen Augenblick, dann strahlte sie.

»Darüber habe ich noch gar nicht nachgedacht. Oh, Robert, das wäre doch wundervoll, oder?«

»Ich will hier aber nicht ausziehen.« Robert lachte sarkastisch auf. »Also ich ziehe sicherlich nicht …«

»Nun warten wir es erst mal ab«, versuchte Mergot zu beschwichtigen. »Immerhin böte das Haupthaus hier auch noch diverse Möglichkeiten.«

»Aha, und Mama?« Robert sah fragend zu seiner Mutter und wurde das Gefühl nicht los, dass hier wieder einiges ohne ihn ersonnen worden war.

»Ich behalte natürlich die obere Etage, Schatz. Aber Pierre hat durchaus recht. Wenn Isabel und du erst mal … Na ja, und vielleicht gibt es ja auch mal Nachwuchs. Ihr solltet dann euer eigenes Nest haben.«

»Nachwuchs?« Robert ließ seinen Blick zwischen seiner Mutter und Isabel hin- und herspringen. Er konnte sich Isabel nicht mit Kindern vorstellen – womöglich kleckerten diese auf ihr Tausend-Euro-Kleid –, und das Bild, sie und er umringt von zwei bis drei kleinen Kindern, das war auch irgendwie abwegig. Er musste lachen. »Ja, Nachwuchs … Erst schauen wir mal, ob wir dieses Land überhaupt bekommen.« Weiter darüber zu sinnieren oder gar zu diskutieren hatte wohl keinen Sinn. Er erhob sich. »Ich gehe noch einmal in den Stall. Eines der Fohlen hat heute Morgen etwas gelahmt«, log er.

Draußen musste er einmal tief ein- und ausatmen. Abriss? Neubau? Kinder? Fragte ihn überhaupt noch jemand, was er sich so für seine Zukunft und die Zukunft des Châteaus vorstellte? Er hatte bis dato eigentlich gedacht, dass es, selbst wenn sie die Domaine Levall aufkaufen würden, sicherlich für Maxime irgendeine Lösung gab, dort zu bleiben. Er wollte doch seinen Nachbarn nicht enteignen und fortjagen. Bei dem Gedanken wurde ihm fast schlecht. So was machte man doch nicht, nur weil sie hier unten ein paar Hektar Land brauchten. Und schon gar nicht würde er das alte Haus da oben abreißen lassen. Er schnaubte. Wenn Isabel unbedingt einen Neubau wollte, dann sollte sie sich doch ein Grundstück bei den geplanten Ferienhäusern abzwacken. Und er … Ihm kam das Bild mit Isabel und Kindern nochmals in den Kopf. Bisher hatte es solche Zukunftsgedanken gar nicht gegeben. Er wusste wirklich nicht, ob das seine Zukunft sein würde. Natürlich mochte er Kinder, aber … mit Isabel? Seine Stimmung sank auf den Nullpunkt. So wie die Sonne sich langsam hinter den Horizont senkte und einen dunklen Schatten über das Tal legte, verdüsterte sich auch jegliche Perspektive, was sein Leben anging. Ihn überfiel das Gefühl, die letzte Möglichkeit zum Ausstieg aus diesem Zug verpasst zu haben und nun in eine Zukunft zu rauschen, die ihm wahrlich nicht zusagte. Er hätte eher abspringen sollen, viel eher. Aber nun war es wohl zu spät.

10

Pascal steuerte seinen Wagen nicht direkt in die Ortschaft, sondern bog schon früher ab. Die schmale Straße führte durch einen Wald, um dann auf einem Parkplatz in den Dünen zu enden.

»Voilà, wir sind da. Wir müssen allerdings noch ein kleines Stück laufen.«

Auf dem Parkplatz standen recht viele Fahrzeuge. Cora fragte sich, was sie erwartete. Es war inzwischen fast dunkel, und nur einige schwache Laternen wiesen den Weg zum Strand.

Sie ließen den Wagen stehen und folgten dem Rauschen der Brandung. Am Strand angekommen, mischten sich leise Basstöne mit dem Wind und den heranrauschenden Wellen. Von der Sonne war nur noch ein schmaler roter Streifen am Horizont zu erkennen, und die Dämmerung überkam bereits den Strand. Coras Augen brauchten etwas, um sich an die Dunkelheit, welche unten am Stand bereits herrschte, zu gewöhnen. Etwas abseits des Aufgangs, auf dem sie gerade standen, entdeckte sie einige weiße Pavillons und Zelte.

»Komm, das wird dir gefallen.« Pascal nahm sie einfach

bei der Hand und zog sie mit sich hinaus auf den feinsandigen Strand. Cora versuchte, nicht zu stolpern. Gottlob hatte sie bequeme Schuhe gewählt. Erst am Rand des Wassers konnte man wieder auf halbwegs festem Boden laufen. Zwischen den Pavillons und Zelten erspähte sie ein großes Lagerfeuer, und die Musik wurde etwas deutlicher. Zudem schien jetzt, da die Sonne abgetaucht war, das Meer aus sich heraus zu strahlen. Unablässig schoben sich Wellen mit silbrig glänzenden Schaumkronen an den Strand und wiesen ihnen den Weg.

Um das Feuer herum saßen großzügig verteilt schon recht viele Besucher, manche einfach auf dem Sand, andere auf Strandmöbeln. Dazwischen fanden sich immer wieder Gruppen von Tanzenden. In den Zelten und Pavillons gab es Bars.

Pascal schob sein Gesicht dicht an ihr Ohr. Die Musik, das Feuer und das Meer waren recht laut. »Was möchtest du trinken? Einen Cocktail oder lieber ein Bier oder Wein? Ich hol uns was.«

»Cocktail, ich glaube, auf einen Cocktail hätte ich Lust.«

Pascal verschwand. Cora blieb einfach dort stehen. Die Wärme des Tages vermischte sich mit der Hitze des Feuers und brachte ihre Wangen zum Glühen, doch gleichzeitig strich ihr von der See her ein frischer Lufthauch über den Nacken. Die Musik war gerade so laut, dass sie das Meeresrauschen und das Knistern des Feuers nicht überdeckte. Eher mischte sich alles zu einer Melodie, die alles in eine sanfte, entspannte Stimmung versetzte. Die Bässe drangen schleichend über den Sand bis zu Coras Füßen hin, die

Beine hinauf und in die Magengegend. Unwillkürlich verspürte sie Lust, sich in deren Takt hin und her zu wiegen. Sie sah zu den tanzenden Leuten. Es war kein wilder Discotanz, eher ließen sich alle von der Musik und der schwingenden Stimmung tragen.

Pascal kam mit zwei großen, bunt bestückten Gläsern wieder. »Bitte schön.« Er grinste sie im Schein des Feuers an.

»Danke!« Cora kostete das grünrote Getränk und merkte, wie ihr sogleich der Alkohol wie auf einer Achterbahn in den Kopf schoss.

Auch Pascal trank und spitzte dann genüsslich die Lippen. »Etwas mehr drin als in unserem Wein. Komm, wir suchen uns einen Platz.«

Während sie sich durch die anderen Besucher schlängelten, bemerkte Cora, wie der eine oder andere Pascal fröhlich begrüßte. Auch ihr nickte man freundlich zu, doch der Blick einiger junger Frauen war eher abschätzend. Na klar, man kannte ihn hier, das war ja nicht außergewöhnlich, doch irgendetwas in ihrem Inneren mahnte Cora leise. Sie war sicherlich nicht die erste Frau, mit der er so eine Strandparty besuchte. Das war auch nicht außergewöhnlich, doch es gab dem Ganzen einen leichten Dämpfer. Himmel, Cora, musst du immer alles gleich auf die Waagschale legen? Coras innere Stimme hatte schon einen leichten Schwips. Du hast Urlaub, bist mit einem gutaussehenden Mann am Strand … genieße es! Sie musste leise kichern.

»Alles okay? Wollen wir uns hier setzen?« Pascal blieb neben zwei freien Strandstühlen stehen.

»Ja, super! Ist schön hier.« Cora versuchte, sich von ihrem inneren Monolog abzulenken. »Bist du oft hier?«

Er setzte sich neben sie. »Ja, ab und an. Diese Strandpartys finden im Sommer regelmäßig statt. In der Hochsaison sind zu viele Touristen dabei, aber jetzt zu Beginn des Sommers und dann im Herbst eher Einheimische.«

Sie verzog gespielt beleidigt das Gesicht. »Magst du keine Touristen?«

Er lachte. »Doch, doch, aber die können manchmal auch recht anstrengend werden.«

»Habt ihr eigentlich sonst auch Gäste auf der Domaine? Ich meine, das Zimmer, in dem ich jetzt wohne …«

»Ja, wir vermieten insgesamt drei der Zimmer. Valeska hat ein Händchen dafür, und Maxime … Na ja, er duldet es, immerhin bringt das ein bisschen Zubrot.« Pascal wandte seinen Blick hinaus aufs Meer. »Ich hätte vielleicht etwas eher reagieren und mir für die Domaine etwas einfallen lassen sollen. Natürlich verkaufen wir ganz gut Wein, seit ich das Ganze so bewerbe und die Weinproben auch woanders anbiete.« Sein Gesichtsausdruck bekam kurz einige Sorgenfalten. »Aber es ist jetzt nicht so, dass es zu besonderem Reichtum führt oder so. Alleine die Reisen kosten ja auch.« Er seufzte und lehnte sich etwas zurück. »Wenn man sich dann so einem großen Weingut wie dem Château de Mérival entgegenstellen muss, da hat man nicht viel entgegenzusetzen. Die haben ganz andere Möglichkeiten. Aber dass sie uns schlucken wollen«, jetzt war es Ärger, der sich in seinen Augen spiegelte, »das hätte ich trotz allem nie geahnt. So was macht man hier eigentlich nicht.«

Dann winkte er ab und hob sein Glas hoch. »Aber damit will ich dir nicht den Abend verderben.« Er bemühte sich sichtlich um einen fröhlichen Gesichtsausdruck. »Und bei dir in England? Wartet da eigentlich jemand auf dich?«

Die Frage kam so direkt, dass Cora lachen musste. »Hey, ich dachte, du wolltest mir nicht den Abend verderben?«

»Aha, also nicht, oder er ist es nicht wert, darüber zu reden. Verstehe.« Pascal grinste.

»Da gibt es zurzeit niemanden.« Cora bemühte sich um eine diplomatische Antwort. Er solle ja nicht denken, dass sie … Ja was? Im Grunde schon viel zu lange wieder Single war. Ihre inzwischen deutlich alkoholisierte innere Stimme meldete sich wieder: Cora, gib's zu, du bist ein stillgelegter Hafen. Sie versuchte, die Stimme einfach mit einem weiteren großen Schluck von dem Cocktail zu ertränken. Ja, ihre letzte Beziehung war schon wieder gut zwei Jahre her, fast drei, um genau zu sein. Ben war ein netter Kerl gewesen. Sie hatte ihn auf einem Geburtstag einer Arbeitskollegin kennengelernt. Sie waren ein paarmal ausgegangen, hatten sich gut verstanden, hatten recht guten Sex miteinander gehabt, aber nach einigen Monaten musste Cora feststellen, dass es im Alltag keine Gemeinsamkeiten gegeben hatte, geschweige denn, dass sie für sie beide eine Zukunft gesehen hätte. Er war Verkäufer in einem Sportshop gewesen und saß zu Hause die meiste Zeit vor einer Spielekonsole. Nicht, dass sie besonders spießig war, aber sie mochte durchaus etwas Kultur, also vielleicht mal einen Museumsbesuch oder eine Galerie oder eine Lesung. Und sie wäre auch gerne mal raus ins Grüne gefahren. Da Ben sich jedoch zu gar nichts aufmuntern ließ, außer sein Sofa ab und an gegen einen Barhocker in einem Pub auszutauschen, hatte Cora die Sache irgendwann beendet. Seitdem ... Ach, sie hatte ja neben ihrem Job auch wenig Zeit gehabt. Blöde Ausrede!

»Und du? Gibt es eine Madame Levall?«, fragte sie, bevor sich ihre innere Stimme wieder meldete. Und zuckte sogleich zurück, weil sie sich an Valeskas Worte erinnerte, dass er schon einmal verheiratet gewesen sei.

Er lachte aber nur und schüttelte den Kopf. »Klar, die hab ich unten im Weinkeller versteckt. Nein, da ist momentan niemand.«

Okay. Super, zwei Singles am Strand in einer lauschigen Sommernacht ... Ihre innere Stimme schnappte sich den Alkohol und ihre Hormone und vollführte ein Tänzchen. Cora stöhnte leise und suchte verzweifelt nach einem anderen Gesprächsthema. »Und ... warum lebst du bei deinem Onkel?« Weil seine Ex ihn rausgeschmissen hat! Himmel, warum war das so schwer. »Ich meine ... deine Eltern?« Cora fühlte sich, als würde sie das erste Mal mit einem Mann reden.

»Meine Eltern leben bei Paris. Meiner Mutter war es hier auf dem Land immer zu langweilig. Ich selbst habe erst in Bordeaux studiert und ... na ja, dann bin ich hier gelandet.« Er zuckte mit den Schultern.

Cora war klar, dass er jetzt wesentliche Teile seiner Lebensgeschichte ausließ, aber was kümmerte sie das eigentlich?

»Gehen wir tanzen?« Er deutete zum Feuer.

Cora nickte. Was sollte sie weiterhin holprige Gespräche führen. In ihrem Kopf hatte sich ein wohliges und entspanntes Gefühl ausgebreitet, und es war Zeit, die Gedanken endlich abzuschalten und den Abend etwas zu genießen.

Pascal nahm sie bei der Hand, zog sie von dem Strandstuhl hoch und dann mit dorthin, wo die Flammen des Feuers auf dem weißen Sand tanzten. Die Musik kam ihr etwas lauter vor als noch vorhin, und die Bässe drangen nun direkt bis in jede ihrer Muskelfasern, und dennoch war es das Rauschen des Meeres, das einen Ausgleich schaffte und eine Melodie des Sommers zeichnete. Cora schloss eine kurze Zeit die Augen. Auch wenn es sich anfühlte, als würde sie einen Moment den Boden unter den Füßen verlieren, hatte sie keine Angst zu fallen. Sie spürte, wie Pascal ihr seine Hände auf die Hüften legte. Sie wiederum legte ganz unwillkürlich ihre auf seine kräftigen Oberarme. Hier fand gerade alles zusammen – Feuer, Wasser, Musik, Wind …

11

Cora erwachte von einem aufdringlichen Vogelgezwit-
scher vor ihrem Fenster. Der kleine gefiederte Störenfried
schien alles daranzusetzen, sie aus ihrem tiefen und traum-
losen Schlaf zu holen. Sie zog sich die Decke über den
Kopf. Wie spät war es? Wann waren sie nach Hause gekommen? Wie war sie in ihr Bett gekommen? Die Cocktails am
Strand hatten ganze Arbeit geleistet. Als das tuffige Gefühl
in ihrem Kopf endlich fort war und ihre Gedanken klar
wurden, hielt ihr Wecker den Schnabel. Danke! Sie wälzte
sich auf die Seite und schielte unter der Decke hervor.
Draußen war es schon hell, aber das Licht noch blass, also
war es wohl noch früh am Morgen. Sie stöhnte. Dann
musste sie lächeln. Wohlig streckte sie sich unter der
Decke. Es war wirklich ein schöner Abend gewesen. Sie
hatten getanzt, noch etwas getrunken, wieder getanzt, die
Körper enger beieinander als zuvor. Cora hatte jegliches
Gefühl für Zeit und Raum vergessen. Sie erinnerte sich
noch, dass sie irgendwann über den Strand zum Wagen zu-
rückgegangen waren. Der Mond hatte hell geschienen und
der Strand fast wie Schnee ausgesehen. Sie hatten gelacht
und rumgealbert. Auf dem Heimweg hatte sie sich zurück-

gelehnt und die kühle, klare Nachtluft genossen. Und dann war sie irgendwie bis auf ihr Zimmer gelangt. Sie musste sich anstrengen, sich zu erinnern. Hatten sie …? Der Klassiker nach so einem Abend wäre wohl zumindest ein Kuss gewesen, oder? Doch so sehr sie grübelte, irgendwie war da der Film gerissen. Sie fasste sich an die Stirn. O Mann! Und ein Seitenblick zu dem Stuhl am Fußende des Bettes, wo ihre Kleidung halbwegs ordentlich abgelegt war, sagte ihr, dass sie es wohl selbst gewesen war, die sich ins Bett gebracht hatte. Erfreulicherweise hatte sie keine Kopfschmerzen, zumindest jetzt noch nicht. Sie setzte sich im Bett auf. Fast war sie etwas enttäuscht, allein zu sein. Na ja … aber nett war es trotzdem. Sie schwankte einen Augenblick zwischen sich wieder zurück in die Kissen fallen zu lassen oder aufzustehen. Sie schwang die Beine unter der Decke hervor und zuckte zusammen. Wenn ihr Kopf schon von dem Alkohol keine Nachwehen hatte, ihre Beine hatten es vom Tanzen im Sand auf jeden Fall. Vorsichtig setzte sie sich auf die Bettkante und wackelte mit den Zehen. Das würde einen netten Muskelkater geben. Ihr Blick fiel durch das Fenster. Draußen schob sich in der Ferne gerade die Sonne über die sanften Hügel. Wie Watte hingen noch Nebelschwaden in den Mulden und umhüllten die Rebstöcke, als wollten sie diese beschützen. Der kleine Vogel mit der lauten Stimme hüpfte noch einmal in dem Busch neben dem Fenster umher und trällerte, deutlich leiser, einen Gruß, um dann davonzuflattern.

In der Küche roch es nach frischem Kaffee. Es war zwar erst Coras dritter Tag auf der Domaine, aber sie fühlte sich schon fast ein bisschen zu Hause. Valeska hantierte mit irgendwelchen Schalen und Töpfen, obwohl es noch früh am Morgen war, und Maxime saß an dem großen, dunklen Holztisch und starrte gedankenversunken in seinen Kaffeebecher.

»Guten Morgen«, sagte Cora leise, um niemanden zu erschrecken.

»Oh, guten Morgen.« Valeska drehte sich zu ihr um und strahlte sie an. »Möchtest du einen Kaffee, Cora? Der ist ganz frisch.«

»Ja, sehr gerne.«

»Setz dich, ich bring dir einen. Möchtest du auch schon Frühstück?«

»Nein, ein Kaffee wäre erst mal lieb.« Cora verspürte keinen Hunger und hatte auch etwas Angst, dass der Alkohol doch noch irgendeine nachschleichende Wirkung bekäme.

»M'morgen«, nuschelte Maxime und blickte nur kurz auf. Dafür klopfte er mit einem Finger auf die Tischplatte. »Da liegt eine Nachricht für Sie.«

»Oh, für mich?« Cora hatte keine Ahnung, wer ihr etwas senden sollte, zumal sie ja ihr Telefon dabeihatte. Sie sah zwei weiße Umschläge am Tischende. »Die da?«

»Ja«, knurrte Maxime.

Cora sah ihn verblüfft an. Warum hatte er so schlechte Laune? Doch als sie sich die Umschläge herangezogen hatte, ahnte sie, warum der alte Winzer so übellaunig war. Auf dem dicken weißen Papier waren oben links in der

Umschlagecke zwei große rote Buchstaben eingeprägt, C M, und darunter stand in geschwungener Schrift Château de Mérival. Auf dem einen Umschlag las sie Cora Thompson, auf dem anderen Mr. & Mrs. Davington. Cora ließ ihre Hand einen Augenblick auf dem Umschlag ruhen. Das verhieß sicherlich nichts Gutes.

»Na machen Sie schon auf. Ich habe Pascal gleich gesagt, dass das mit dem Land eine dumme Idee ist.« Er sah kurz auf und zuckte mit den Schultern. »Ändern können wir es sowieso nicht, und wahrscheinlich bringt Ihnen der Gewinn jetzt sogar mehr ein als die Trauben, die darauf wüchsen.« Er lächelte gequält und nickte. »Ich muss mich einfach an den Gedanken gewöhnen. Es wird wohl unsere letzte Weinlese diesen Herbst werden.« Er stand auf und ging schleppenden Schrittes Richtung Terrassentür.

Als er hinausgegangen war, blickte Cora unsicher zu Valeska hinüber. Die Traurigkeit in Maximes Worten war nicht zu überhören gewesen. Valeska sah Maxime nach und dann zu Cora. Erst schüttelte sie leicht den Kopf, dann nickte sie. »So ist es. Die Chevaliers haben Maxime schon vor Monaten ein Angebot gemacht, das er im Grunde nicht ausschlagen kann. Es übertrifft bei weitem den Wert der Domaine und übersteigt auch den zu erwartenden Gewinn der nächsten Jahrzehnte.« Sie kam zu Cora an den Tisch und setzte sich ihr gegenüber auf die lange Bank an der Wand. »Es ist ein Trauerspiel, aber was will man machen. Doch das ist nicht dein Problem, Cora.«

Cora nahm ihren Umschlag zur Hand.

»Na los, schau schon rein.« Valeska nickte aufmunternd.

Cora öffnete den Umschlag und zog den darin steckenden Brief heraus. Wieder dickes Papier mit der auffälligen Prägung in der oberen linken Ecke.

Sehr geehrte Mrs. Thompson,

wir beglückwünschen Sie zu Ihrem Gewinn, doch ein Stück Weinberg alleine ist kaum jemandem nütze.
Da Monsieur Levall auf unser Angebot für diesen Landabschnitt nicht eingegangen ist, möchten wir nun Ihnen als neuer Besitzerin ein Angebot unterbreiten.
Wir bieten Ihnen für die Parzelle 150 000 €.
Sollte dieses Angebot für Sie annehmbar sein, würden wir uns freuen, Sie am 12. Juni um 15 Uhr im Château de Mérival begrüßen zu dürfen. Wir haben uns vorbehalten, die formellen Dinge bereits vorzubereiten.

Mit freundlichen Grüßen
i. A. Pierre Mergot
Familie Chevalier – Château de Mérival

Cora zog scharf die Luft ein und starrte auf die dort angegebene Summe. Das konnte doch nicht sein?

»Und, was ist? Wie viel wollen sie dir für das Stück Land zahlen?« Valeska sah Cora neugierig an.

Cora schwieg einen Augenblick. »Ich weiß nicht … das … das erscheint mir … viel Geld.« Sie reichte das Schreiben an Valeska weiter.

Diese stieß einen leisen Pfiff aus. »Das ist ein gutes Angebot, zumal …«, sie deutete auf den zweiten Umschlag,
»… sie es wohl zwei- oder besser gesagt dreimal abgeben
werden. Klar«, sie ließ das Blatt Papier sinken, »da können Maxime und Pascal nichts dagegenhalten, außer,
dass es für Mergot eine schmerzhafte Extraausgabe ist.«
Valeska seufzte. »Aber das war ja der Plan.« Dann lächelte sie Cora an. »Für dich natürlich ein toller Mehrge-
winn.«

»Guten Morgen.« Pascal war unbemerkt in die Küche
gekommen und schenkte sich einen Kaffee ein. Dann trat
er zu den Frauen an den Tisch und sah Cora fröhlich über
seinen Tassenrand hin an. »Na, wie geht's dir heute?«

»Gut«, gab Cora etwas tonlos zurück.

Pascal sah die Briefe, und sein Blick sprang zwischen
Cora und Valeska hin und her. »Was ist los? Haben sie
schon Angebote gemacht?« Er schien sofort zu wissen, wo-
rum es ging, und sein Ton war plötzlich bitterernst. Er stellte seine Tasse auf den Tisch und nahm sich ohne zu fragen
das Schreiben.

Cora fühlte sich noch unwohler. Irgendwie wurde sie hier
gerade zum Spielball degradiert, der womöglich hin und
her geschossen wurde.

»Stolze Summe. Das soll den feinen Herren wohl weh
tun.« Er warf das Papier wieder auf den Tisch. Dann sah er
Cora etwas versöhnlicher an. »Hey, alles okay. Ich habe dir
erklärt, wie es ist, und wenn du das Angebot annimmst, ist
das mehr als in Ordnung. Wir wollten bei denen noch etwas Salz in die Wunde streuen. Du hast immerhin einen

hoffentlich schönen Urlaub hier und machst auch noch ordentlich Gewinn.« Er grinste schief und nahm seine Kaffeetasse wieder zur Hand.

»Ich … ich weiß nicht …« Cora war immer noch völlig perplex. Das war eine Menge Geld, und sie … sie hatte dafür nichts getan … und … »Aber so werft ihr denen die Domaine doch vor die Füße.«

Pascal zuckte mit den Schultern. »Wir haben bereits ein Angebot für das alles hier, und die Summe … da kann man gar nicht nein sagen. Mein Plan war es, diesen Aasgeiern nur noch ein paar Steine in den Weg zu werfen, bevor sie die Domaine Levall schlucken. Wir werden sowieso verkaufen müssen, wir lassen die nur ein bisschen zappeln. Und das ist wohl mehr als fair, wo die so einfach ein paar Jahrhunderte Familiengeschichte überrollen wollen.« Pascal schnaubte.

»Und wenn ich nicht verkaufe? Würde euch das denn helfen?«

»Es würde Zeit bringen, mehr aber auch nicht. Dein Stück Land ist das linke, das rechte gehört nun den Davingtons, und das in der Mitte – die Dame hat sich ja leider oder gottlob noch nicht gemeldet. Im schlimmsten Fall bist du eines Tages umzingelt von Chevalier-Land. Aber ganz ehrlich«, er tippte mit dem Finger auf den Brief, »du wärst schön doof, wenn du das Angebot nicht annehmen würdest.«

»Das sehe ich auch so«, sagte Valeska.

»Aber ...« Cora fühlte sich nicht wohl in ihrer Haut. »Aber das wäre nicht richtig, das ist doch ... das ist doch eigentlich euer Geld.«

Pascal schüttelte den Kopf. »Wenn Maxime verkauft, ist in der Familie Levall das Geld ein für alle Mal kein Problem mehr.«

»Ich muss da echt drüber nachdenken.« Cora faltete das Papier wieder zusammen.

12

Pascal verabschiedete sich nach dem Kaffee, um Maxime im Wein zu helfen, Valeska rumorte weiter in ihrer Küche umher, und Cora ging an die frische Luft, ein kleiner Spaziergang täte ihr sicherlich gut.

Um nicht Pascal und Maxime zu begegnen, wählte sie den Weg, der vorn vom Hof der Domaine wegführte. Hinter einem Gebüsch bemerkte sie die langen Ohren des Esels, der ihre Schritte verfolgte. Der Schotterweg ging zunächst leicht den Hügel hinauf und dann hinab in Richtung der kleinen Siedlung, welche diesseits des Landes der Domaine lag. Es war noch nicht sonderlich warm, und unter den Bäumen und an den Hecken stand noch die kalte Luft der Nacht. Ihre Gedanken schwirrten. Es fühlte sich einfach falsch an, für etwas ein Angebot zu bekommen, was ihr im Grunde ja noch nicht einmal richtig gehörte. Natürlich hatte sie das Stück Land gewonnen, und anscheinend hatte Pascal die rechtlichen Schritte zur Umschreibung ja schon unternommen. Auch war ihm nach eigenem Bekunden bewusst gewesen, dass die neuen Eigentümer Profit aus ihrem Gewinn ziehen würden. Wie selbstlos. Cora konnte einfach das Gefühl nicht abschütteln, dass mehr dahintersteckte, und der bittere Beigeschmack, hier selbst in etwas verstrickt zu werden, was sie so nicht gewollt hätte, blieb. Andererseits ... es war so viel Geld. Bei dem Gedanken an die Summe seufzte sie. Damit wären ihre Probleme – welche sie ja geschickt in London hatte liegen lassen – beseitigt. Sie hätte die Mittel, um sich ganz entspannt einen neuen Job suchen zu können. Vielleicht konnte sie sich auch hier und da sogar ein kleines Extra davon leisten; sie würde ihre Eltern besuchen können, ohne den Hintergedanken, sie eventuell bald um finanzielle Hilfe anbetteln zu müssen. Kurzum, ihre Probleme würden sich in Luft auflösen, einfach so. Du hättest das Geld ja auch anders gewinnen können, Lotterie oder Preisausschreiben, dann hättest du auch nicht nein gesagt. Nein, hätte sie nicht, aber hier war das etwas anderes. Das war irgendwie eine schräge Nummer. Ob die Davingtons ihr Land so einfach verkauften? Und die geheimnisvolle dritte Gewinnerin? Ob die wohl so einen Brief nach England bekommen hatte? Cora musste leise lachen. Ihr war der Landgewinn und die Einladung zu der Reise ja schon komisch vorgekommen. Wäre das Angebot der Chevaliers gleich postwendend nachgefolgt, sie hätte wohl an einen ganz üblen Scherz geglaubt.

Cora schwenkte von dem Schotterweg ab zu einem Pfad, der zum Wald zu führen schien. Sie zog ihre dünne Strickjacke etwas enger um ihren Oberkörper. Es würde sicherlich ein heißer Tag werden, aber momentan fröstelte es sie innerlich wie äußerlich. Der schmale Pfad zum Waldrand hin war von vielen lila und roten Blumen gesäumt. Noch hingen dicke Tautropfen an den Blüten und Blättern, und diese hinterließen feuchte Flecken auf Coras Hose. Von vorn kam ihr ein älterer Herr mit einem kleinen wuscheligen Hund entgegen. Der Hund hüpfte hechelnd einmal um sie herum, um dann eifrig am Boden schnüffelnd seinen Weg fortzusetzen. Der ältere Herr sah Cora etwas verwundert an. Wahrscheinlich traf er nicht oft Fremde auf diesem Pfad. Dann tippte er sich aber kurz an seine Mütze, nickte und gab ein »Bonjour« von sich.

»Bonjour«, erwiderte Cora, schenkte ihrer Begegnung ein kurzes Lächeln und ging dann weiter. Im Wald war es noch fast dunkel, die Strahlen der Morgensonne stießen wie Lichtspeere durch die Baumkronen der hohen Nadelbäume. Der eben noch steinige und feste Boden wurde weich, ein dicker Teppich aus Kiefernnadeln und Moos bedeckte die Erde. Hatte es gerade noch nach Gras und Blumen gerochen, so trug der leichte Wind jetzt einen Hauch von Holz und Harz an Coras Nase. Wie intensiv sie dies hier alles wahrnahm. In London war ihr das schon lange nicht mehr vorgekommen. Dort roch es nach Abgasen oder je nachdem, wie nahe man der Themse war, auch mal nach brackigem Wasser im Sommer. Dass man feine Nuancen von Einzelgerüchen wahrnahm, kam höchstens an einem der vielen Straßenstände vor, wo einen der Hotdog-Duft förmlich ansprang. Cora atmete tief ein und aus. Das war wie in ihrer Kindheit. Da hatte sie auf dem Land noch diese vielen verschiedenen Gerüche in sich eingezogen, wie es nach einem Regen gerochen hatte oder wenn die Bauern Heu gemacht hatten.

Je weiter sie ging, desto mehr mischte sich unter den holzigen Geruch auch ein Hauch von Salz. Wie weit es wohl noch bis zum Meer war? Sie folgte einfach dem Waldweg. Zwar schmerzten ihre Beine noch etwas vom gestrigen Abend, aber Bewegung war wohl die beste Medizin. Die Stunden mit Pascal am Strand waren so schön gewesen, und dann heute so ein großer Knall. Sie seufzte erneut. Vielleicht sollte sie einfach das Geld nehmen und zurück nach England fahren. Davon konnte sie sich schließlich woanders einen wahren Luxusurlaub leisten. Und vor allem sollte sie sich hier aus allem raushalten, das war doch nicht ihr Ding. Ein kleiner Stachel bohrte sich in ihre Herzgegend und fing an, dort unangenehm herumzupiken. Sie war aber jetzt nun mal hier, und somit war es auch ihr Ding. Und auch wenn es erst eine kurze Bekanntschaft war, Pascal, Maxime und Valeska waren nette Leute und ihr bereits ans Herz gewachsen.

Ein Knistern im Wald riss sie aus ihren Gedanken. Sie blieb stehen und richtete ihren Blick suchend zwischen die Bäume. War da jemand? Oder gab es hier irgendwelche größeren Tiere? Ein Schnauben erklang, noch weit entfernt, aber deutlich hörbar. Das war kein wildes Tier, das war eindeutig ein Pferd. Cora versuchte, zwischen all den Bäumen etwas zu erkennen. Plötzlich, wie aus dem Nichts, tauchte in der Ferne auf einer schmalen Lichtung ein Pferd samt Reiter auf. Ein braunes, edles Pferd mit schwarzer Mähne. Es schnaubte nochmals, und Cora hörte seine dumpfen Hufschläge auf dem Waldboden. Der Reiter hielt es in einem langsamen Galopp. Dem Pferd schien dies nicht zu passen, denn es vollführte einige Sätze, welche der Reiter ohne Probleme aussaß. Wie eine Geistergestalt durchquerte das Paar den Wald, immer wieder angestrahlt von dem gleißenden Sonnenlicht, das von oben durch die Baumkronen brach, um dann kurz in deren Schatten zu verschwinden. Cora kniff die Augen zusammen, konnte jedoch nicht erkennen, wer auf dem Pferd saß. Es schien ein Mann zu sein oder auch eine sportliche Frau. Das Pferd aber war ein wundervolles Tier. Coras Herz machte einen Sprung. Kurz waren die Grübeleien vergessen. Sie liebte Pferde. Einst in Buckinghamshire hatte sie ein eigenes Pony gehabt. Als Kind im ländlichen England ohne Pony zu sein war wohl wie ohne Mofa in der Stadt. Das kleine schwarze Welsh A-Pony mit dem unaussprechlichen Namen Blaengwen Brenin hatte sie lange Jahre begleitet. Breni, wie es liebevoll genannt wurde, hatte sie bis zur Pubertät herumgetragen. In England sagte man: Ein Shetlandpony erzieht dein Kind, ein Welshpony behütet dein Kind. Der kleine Rappe mit dem weißen Stern auf der Stirn gehörte der Rasse Welsh-Mountain-Pony an. Diese kleinen, edlen Tiere trugen einst schon die Kinder des englischen Landadels durch die Gegend. Breni konnte zwar auch recht eigensinnig sein und hatte Cora das ein oder andere Mal unsanft abgeworfen, aber als Kind war sie dann aufgestanden, hatte sich die Hose abgeputzt und sich wieder auf den sattellosen Rücken des vierbeinigen Freundes geschwungen. Breni war bei ihren Eltern im Garten alt geworden, während sie mit Schule und Studium beschäftigt gewesen war. In seinen letzten Monaten hatte ihr Vater das

inzwischen zahnlose Pony mit eingeweichten Rüben-
schnitzeln und allerhand Leckereien versorgt. Irgendwann
war Breni im stattlichen Alter von fast fünfunddreißig Jahren friedlich in seinem Stall eingeschlafen. Für Cora, die da
selbst schon fünfundzwanzig gewesen war, war es am dar-
auffolgenden Weihnachten sehr schmerzvoll gewesen, ihre
Eltern zu besuchen und nicht wie sonst an Heiligabend in
den Stall zu gehen und Breni seine Äpfel zu bringen. Danach war sie auch nie wieder geritten. Doch jedes Mal,
wenn sie irgendwo Pferdehufe klappern hörte oder ein
Schnauben erklang, entfachte dies ihre alte Liebe zu den
sanftmütigen Geschöpfen erneut. Vielleicht sollte sie es
auch wieder einmal versuchen. Pferd und Reiter waren derweil verschwunden. Cora rieb sich einmal die Augen – der
ganze Tag schien irgendwie zwischen Traum und Wirklich-
keit –, und sie ging weiter.

Der Pfad kreuzte eine schmale Teerstraße, um auf der ge-
genüberliegenden Seite wieder in den Wald einzutauchen.
Cora lief einfach immer geradeaus. Langsam wurde es wärmer. Wie weit war sie schon gekommen, drei oder vier Kilometer? Vor ihr erstreckte sich auf einmal auf einer Lichtung ein Meer von leuchtend gelb blühenden Ginsterbü-
schen. Hier war der Tag plötzlich da, die Sonne stand
bereits hoch am Himmel. Cora blinzelte, lief aber weiter.
Nach der Lichtung mit den Büschen folgte noch einmal
ein wenig Wald, wobei die Bäume hier nicht gerade empor-
gewachsen waren, sondern sich alle dicht an dicht mit
krummer Haltung aneinanderschmiegten. Der Weg wurde
sandiger. Cora atmete tief ein. Sie konnte das Meer schon

riechen. Und sie brauchte auch nicht mehr lange, bis der
Weg die erste Düne hinaufging. Inzwischen wurde er links
und rechts von Strandhafer gesäumt. Dann übernahm ein
windschiefer Staketenzaun die Aufgabe, den Ankömmling
zu leiten. Es war schwer, im tiefen Sand zu laufen, doch als
sie oben ankam, entschädigte der Blick für ihre brennen-
den Muskeln. Vor ihr lag der Atlantik tiefblau bis grün,
Wellen rollten an den breiten Strand unten am Fuß der
Dünen, und – er war menschenleer. Cora blickte sich um.
Ganz in der Ferne machte sie einige wenige bunte Punkte
am Strand aus. Wahrscheinlich gab es da einen etwas be-
lebteren Zugang. Hier aber hüpften nur einige Seevögel
durch das auflaufende Flachwasser der Wellen. Der Wind
war stärker als eben noch im Schutz der Dünen und die
Brandung laut wie auch am gestrigen Abend. Die Weite
und die plötzlich zu spürende Freiheit fegten einmal durch
Cora hindurch, dass sie schauderte. Sie zog sich ihre Schuhe und die Söckchen aus und lief mit schnellen Schritten
hinab zum Wasser. Als die erste Welle ihre nackten Füße
erfasste, quietschte sie. Das Wasser war kalt und prickelte
auf ihrer Haut. Eilig zog sie sich die Hosenbeine bis zu den
Knien hoch. Belustigt wanderte sie mit den Wellen den
Strand entlang. Es war herrlich hier. Vielleicht sollte sie
das Land doch nicht verkaufen. Dieser Ort war doch mit
Geld gar nicht aufzuwiegen. Genüsslich reckte sie ihr Gesicht in die Sonne.

13

Auf dem Rückweg wurden Coras Beine zunehmend schwerer. Im Stillen fluchte sie über ihre schlechte Kondition. Dennoch beschloss sie, einen Abstecher zu den Davingtons zu machen. Schließlich hatten diese den Brief wahrscheinlich auch bereits erhalten. Sie war neugierig, wie die Camper auf das Angebot reagierten.

Das ältere Ehepaar saß bequem im Schatten unter der Markise ihres Wohnmobils. Der Wagen kam Cora riesig vor. Wie ein großer weißer Eisberg stand er oberhalb der Rebstöcke.

»Hallo!«, kündigte Cora sich von weitem an, um die beiden nicht zu erschrecken.

»Oh, Mrs. Thompson.« Mr. Davington sprang auf, als er den Besuch erspähte. Zu Coras Erleichterung trug er zumindest eine kurze Hose. Sie hatte die beiden bisher nicht in natura erleben müssen, und wirklich erpicht war sie auch nicht darauf. Natürlich konnte jeder so, wie er wollte, aber Cora fand, dass Nacktheit doch etwas Privates war.

»Wie schön! Kommen Sie, setzen Sie sich zu uns.« Mrs. Davington zog geschwind von irgendwo aus dem Bauch des riesigen Wagens einen weiteren Campingstuhl. »Darf ich Ihnen etwas anbieten? Eistee?«

»Ja, gerne.« Cora setzte sich auf den zugewiesenen Platz. Es ging hier ein lauer Wind, die Blätter der Rebstöcke raschelten leise, und die Aussicht war – bis auf das Château de Mérival in der Senke vor ihnen – außergewöhnlich romantisch. Dem trutzigen Weingut der Nachbarn konnte Cora inzwischen nicht mehr so viel abgewinnen, schienen von dort doch dunkle Wolken aufzuziehen.

»Und, wie gefällt es Ihnen hier, Mrs. Thompson?« Mrs. Davington stellte ein großes Glas Eistee vor Cora auf den Tisch.

»Danke. Ach, es ist wirklich schön hier. Die Gegend ist zauberhaft, und der Strand … Waren Sie schon am Strand?«

»Nein.« Mr. Davington schüttelte den Kopf. »Da wollten wir eigentlich morgen hin, aber … Nun ja, jetzt ist ja ein Termin dazwischengekommen.« Er formulierte den Satz so geschickt, dass es nicht direkt die Frage war, ob Cora auch so einen Brief bekommen hatte.

Cora nahm den Faden aber dankbar, nicht selbst dieses Thema zur Sprache bringen zu müssen, auf. »O ja, ich habe diesen Termin auch.«

»Ist schon eine komische Geschichte, in die wir da hineingeraten sind.« Mrs. Davington schüttelte den Kopf. »Aber Charles und ich, wir diskutieren da schon den ganzen Vormittag drüber. Wissen Sie, Mrs. Thompson, eigentlich brauchen wir dieses Geld gar nicht. Das Stück Land ist uns viel lieber.«

Cora musste ob dieser Antwort wohl ein sehr verblüfftes

Gesicht gemacht haben. Wer brauchte denn nicht mal schnell hundertfünfzigtausend Euro?

Mr. Davington lachte etwas verlegen. »Ja, wissen Sie, wir haben vor drei Jahren unser Haus in England verkauft und ich meine Firma. Also …« Er warf kurz einen Blick auf die weiß glänzende Außenhülle des Wohnmobils. »Natürlich ist das ein verlockendes Angebot, aber …«, nun machte er eine Geste mit der Hand in Richtung Weinstöcke, »… das ist Kultur. Und es ist schön hier. Mal was anderes. Wir waren in Italien, Griechenland, Spanien, Portugal, so langsam wäre ein fester Hafen, den wir ab und an ansteuern können, nicht schlecht. Da wäre dieses Fleckchen Erde gar nicht so übel, so denn Monsieur Levall das mit dem Strom hinbekommt.«

Cora musste lächeln.

Mrs. Davington nickte zustimmend. »Außerdem haben wir es ja gewonnen. Würden wir es jetzt gegen Geld tauschen … Ach, wer weiß … Ich bin da ja ein bisschen abergläubisch.«

»Also kurzum, wir werden da zwar morgen hingehen, aber diesem Monsieur Mergot dann erst mal eine Absage erteilen. Wir sind ja grad mal drei Tage hier.«

»Und Sie, Mrs. Thompson?« Die ältere Dame sah Cora nun neugierig an.

Cora zuckte mit den Schultern. »Ich weiß es noch nicht. Das Angebot ist verlockend … Also ich … mir …«

Mrs. Davington nickte verständnisvoll. »Ich kann Sie verstehen. In Ihrem Alter hätte ich wohl gar nicht lange überlegt.«

»Ich weiß es aber wirklich noch nicht. Ich meine, es ist so schön hier, die Levalls sind sehr nett, und die Domaine ist so ein alteingesessener Familienbesitz. Es wäre so schade drum, wenn dies alles zerschlagen würde. Unsere Landstücke sind ja nur das eine, aber Monsieur Levall wird wohl eh verkaufen müssen, so weit ich gehört habe.« Cora fühlte sich bei den beiden irgendwie so elterlich vertraut, dass sie offen ihre Bedenken aussprach.

»Hm«, machte Mr. Davington. »Dieses Land gehört uns jetzt nun mal rechtmäßig, so gesehen hat der junge Monsieur Levall – also ich betrachte das ja als Geschäftsmann – seinem Konkurrenten damit sicher ein Schnippchen geschlagen. Gar nicht so doof. Und – auch als ehemaliger Geschäftsmann – sag ich Ihnen, Mrs. Thompson, solche Grundstückskäufe dauern. Wir müssen also sicher nichts übers Knie brechen. Wir gehen da morgen erst mal hin und sehen, was das für Leute sind. Sie sind ja nicht allein. Sie kommen morgen her, und wir gehen dann gemeinsam hin, okay?« Mrs. Davington zwinkerte Cora zu. »Außerdem, diese Sache, dass die da unten Ferienhäuser bauen wollen – wie kann man denn bei so einem Anwesen an so was denken.« Er schüttelte den Kopf.

Das war auch Cora schlichtweg ein Rätsel. Das ältere englische Pärchen war ihr gerade ungemein sympathisch geworden.

14

Am nächsten Tag hatte Cora es vorgezogen, solange es ging, niemandem zu begegnen. Sie hatte lange das Aufstehen hinausgezögert, etwas auf der Terrasse vor ihrem Zimmer gesessen und dann, als die Männer sicher aus dem Haus waren, sich bei Valeska ein kleines Frühstück abgeholt. Der Appetit war ihr eh vergangen.

Als es auf den Nachmittag zuging, wählte sie aus ihrem Koffer das schlichteste und am seriösesten wirkende Kleid. Wer hatte schon geahnt, dass sie sich hier mit geschäftlichen Dingen abgeben musste. Sie band sich ihre Haare zu einem strengen Knoten und zog die einzigen etwas hochhackigeren Schuhe an, die sie mitgenommen hatte. Ein kurzer Blick in den Spiegel – sie sah aus, als wollte sie zu einem Redaktionsmeeting. Nicht, dass sie sich nicht gerne schick machte, aber solche Kleidung war für sie meist eher eine Art Schutzwall, als dass sie sich darin wohlfühlte. Um ihre Nerven zu beruhigen, legte sie etwas Parfum auf. Es roch nach ihrer Mutter, Lavendel und Veilchen, ganz dezent. Sie liebte diesen Duft, benutzte ihn aber nur sehr sparsam.

Etwas unsicher lief sie kurz darauf über den Grasweg in

Richtung des Wohnmobils. Dort wollte sie sich mit den Davingtons treffen. Extra einen Wagen zu nehmen lohnte sich nicht. Man konnte das Château der Nachbarn bequem zu Fuß erreichen. Mr. und Mrs. Davington hatten sich auch etwas herausgeputzt. Sie sahen jetzt bei weitem nicht mehr aus wie Camper. Er trug ein Jackett und darunter ein weißes Hemd, sie ein beiges Sommerkleid und einen sommerlichen Damenhut – fast, als würden sie gleich ein englisches Pferderennen besuchen.

Es war sicherlich eine putzige Karawane, die wenig später durch die Weinfelder auf das Château zulief. Doch am Fuß des Hügels gelangten sie auf eine Straße und dann zu einem mächtigen Einfahrtstor. Dieses Château stand wirklich in keinem Vergleich zu der eher gemütlichen Domaine Levall. Eine gekieste Auffahrt schlängelte sich an kleinen Buchsbaumhecken vorbei, um sich vor dem Haus um ein großes rundes Rosenbeet zu teilen. Das Haus überragte alle anderen Gebäude, welche sich schüchtern in den Schatten der alten Bäume am Rand des Hofs zu kauern schienen. Coras Herz begann etwas unruhig zu klopfen. Unsicher schielte sie zu den Davingtons hinüber. Diese bewegten sich aber unbeeindruckt auf das Château zu. Vielleicht hatten sie in England des Öfteren solche Häuser besucht. Nur dass die beiden jetzt mit einem Camper durch das Land fuhren, bedeutete ja nicht, dass sie nicht aus, ihre Mutter hätte gesagt, gehobenen Verhältnissen stammten. Cora hingegen fühlte sich von der Größe und der Präsenz des Gebäudes alleine schon so eingeschüchtert, dass ihr jetzt schon bange war, wem sie wohl gleich gegenübertreten musste. Sei nicht so ein Weichei, schalt sie sich, gab sich einen Ruck, um sich zu straffen, und eilte sich, den Davingtons zu folgen, welche schon die Stufen zur Eingangstür emporstiegen.

Auf Mr. Davingtons Klopfen hin öffnete eine junge Frau die Tür. Er sprach sie auf Englisch an. »Guten Tag. Wir haben einen Termin bei Mr. Mergot.«

»Ja, das ist mein Vater. Isabel Mergot. Folgen Sie mir bitte.« Die junge Frau sprach ebenfalls Englisch.

War das Haus von außen schon beeindruckend, so empfand es Cora im ersten Augenblick im Innern sogar einschüchternd. Es war kein Wohnhaus, es war eher ein Museum, mit feinsten Möbeln, Möbeln, die einfach nur so dastanden, ohne dass man sie wirklich benutzte, und mit überdimensionalen Ölgemälden an den hohen Wänden der Eingangshalle, von denen mit düsterem Blick Gesichter herabschauten, die eindeutig aus längst vergangenen Epochen stammten. Und es war so still, dass die Schritte der Frauen wie ein Stakkato in den Fluren verhallten.

»Bitte, hier entlang.« Die junge Frau öffnete eine breite Holztür und wartete dann, dass die Gäste den Raum betraten.

Sie fanden sich in einem Arbeitszimmer wieder. Ein wuchtiger Schreibtisch war mitten im Raum plaziert, davor einige Stühle. Eher wie in einem Gerichtssaal, schoss es Cora durch den Kopf.

Hinter diesem Schreibtisch saß ein dunkelhaariger Mann und erhob sich nun, als sie den Raum betraten. Rechts von ihm, nicht auf einem Stuhl, sondern auf einer

Art schmalem Sofa saß eine grauhaarige Frau, die allerdings sitzen blieb.

»Mrs. Thompson, Mr. und Mrs. Davington. Es freut mich, dass Sie Zeit für uns gefunden haben. Mein Name ist Pierre Mergot.« Der Mann trat hinter dem wuchtigen Holztisch hervor und begrüßte sie jeweils mit einem Händedruck. Dieser war fest und direkt und sollte wohl gleich die Fronten klären. »Bitte, setzen Sie sich doch.«

»Danke. Wir sind sehr erfreut, Sie kennenzulernen, Mr. Mergot.« Mr. Davington steckte auch gleich eine Grenze ab, indem er einfach beim förmlichen Englisch blieb.

»Meine Tochter Isabel haben Sie ja bereits kennengelernt, und hier möchte ich Ihnen Madame Chevalier vorstellen, die Eignerin des Château de Mérival.« Dass er beim Französischen blieb, war bereits eine kurze Ansage, dass er wenig diskussionsbereit war. Er verbeugte sich knapp in Richtung der grauhaarigen Dame. Diese spitzte nur leicht die Lippen und nickte, ohne die Gäste dabei direkt anzusehen.

Okay, locker bleiben, ermahnte sich Cora. Alle Parteien setzten sich. Cora schielte kurz unsicher zu den Davingtons, doch diese machten einen ganz entspannten Eindruck.

Monsieur Mergot nahm wieder hinter dem Schreibtisch Platz und legte seine ineinandergefalteten Hände auf den Tisch. »Und, gefällt es Ihnen hier in unserem schönen Médoc?«

Zum ersten Mal meldete sich Mrs. Davington zu Wort. »Wir haben ja schon viel gesehen von der Welt, aber dieser

Landstrich ist etwas Besonderes. Ja, es gefällt uns sehr gut hier.« Sie sagte dies, ohne dass es zu blumig klang. Auch sie schien sich einst durchaus in geschäftlichen Gesprächen bewegt zu haben.

Cora zog innerlich den Hut. Sie hatte in Anbetracht der Tatsache, dass die beiden gerne unbekleidet vor einem Wohnmobil saßen, etwas Angst gehabt, dass dieses Treffen irgendwie anders verlaufen würde, nicht so … förmlich.

Isabel Mergot hatte derweil neben der Hausherrin Platz genommen. Beide saßen da, die Beine übereinanderge-schlagen und die Hände im Schoß, als würden sie eine Soap im Fernsehen schauen. Ihre Blicke lagen nun auf den englischen Gästen, und Cora kam nicht umhin zu bemer-ken, dass sich eine gewisse Geringschätzung darin ablesen ließ.

Mergot fuhr fort: »Es ist sicherlich eine etwas ungewöhn-liche Situation, in der wir uns hier befinden. Sie ist leider der Dummheit unserer Nachbarn zuzusprechen. Pascal Le-vall hat natürlich gewusst, dass das Land, welches er so frei-mütig verschenkt hat, eigentlich einem anderen Zweck dienen sollte. Es tut uns aufrichtig leid, dass Sie nun in diese ganze Sache hineingezogen werden.« Mergot setzte ein betroffenes Gesicht auf. »Wir verzichten natürlich darauf, jetzt eine langwierige gerichtliche Klärung des Ganzen aufzunehmen, und machen Ihnen kurzerhand das Angebot, Ihnen das Land abzukaufen.«

Mr. Davington lächelte trocken und verschränkte die Arme vor der Brust, während er das eine Bein über das andere legte. »Mr. Mergot, verzeihen Sie, wenn ich Ihnen da widerspreche, aber soweit mir bekannt ist, konnte Monsieur Levall mit seinem Land bisher noch machen, was er für richtig hielt. Ich sehe da keinen direkten Anspruch Ihrerseits.«

Autsch. Cora hielt die Luft an und dankte im Stillen, dass Mr. Davington dieses Gespräch nun übernahm. Seine Stärke übertrug sich jetzt aber auch langsam auf sie. Dies alles wirkte bei weitem nicht mehr so einschüchternd wie eben noch.

Pierre Mergots Gesichtsausdruck versteinerte förmlich. »Mr. Davington, wir stehen wegen der Übernahme der Domaine seit längerem in Verhandlungen mit Monsieur Levall. Da war es ungünstig, einfach einige Teile des Landes an Dritte abzugeben.«

»Ungünstig für Sie, ja, aber ansonsten legitim.« Mr. Davington löste seine Hände und hob sie abwehrend. »Wir wollen uns in diese Geschichte auch gar nicht weiter einmischen. Aber um das Ganze abzukürzen, Mrs. Thompson und wir haben beschlossen, unser Land zunächst nicht zu verkaufen.«

Madame Chevalier stieß ein empörtes Schnauben und ein leises »Tz« aus.

»Nur damit wir uns richtig verstehen, Mr. Davington.« Mergots Stimme klang lauernd, und er sprach nun klares Englisch. »Wir haben Ihnen ein mehr als großzügiges Angebot gemacht. Die Domaine Levall werden wir sowieso aufkaufen. Es liegt an Ihnen, ich kann Sie auch in einigen Monaten von dem Land hinunterklagen.« Dies war eine eindeutige Kampfansage.

»Dann machen Sie dies, wenn Sie es für nötig halten. Zunächst denke ich aber, dass – wie in allen anderen Geschäftsbereichen – dieses Angebot einen gewissen Bestand hat. Sie sollten uns schon mehr Bedenkzeit einräumen als vierundzwanzig Stunden, und diese erbitten wir uns auch einfach.«

Madame Chevalier stand blitzartig von ihrem Platz auf. »Was erlauben Sie sich eigentlich. Sie kommen mit Ihrem … Ihrem Zirkuswagen hierher und stellen sich einfach lang angebahnten Geschäften in den Weg.«

Isabel Mergot legte Madame Chevalier beruhigend die Hand auf den Arm. »Catherine, bitte.«

»Ach, das ist doch Unsinn. Levall hat Sie sicher angestiftet, erst mal das Angebot abzuschlagen. Was wollen Sie denn? Noch mehr Geld? Bitte, wir können sicherlich noch etwas drauflegen.«

Jetzt sah Pierre Mergot die Hausherrin scharf an. »Catherine!«

Mr. Davington sah amüsiert aus und klatschte sich auf die Schenkel. »Wie gesagt, wir erbitten uns erst mal noch etwas Zeit. Wir werden uns bei Ihnen melden.«

Mergot fixierte plötzlich Cora. »Und Sie, Mrs. Thompson, sehen Sie das auch so? Wie ich hörte, ist Ihre private Situation gerade etwas … ungünstig.«

Cora traf es eiskalt. Hatten diese Leute sie etwa durchleuchtet und in ihrem Leben rumspioniert?

»Was erlauben Sie sich …«, entfuhr es ihr.

Mrs. Davington sah sie kurz mit einem mahnenden Blick an. »Ich glaube, Mrs. Thompsons private Angelegenheiten tun hier nichts zur Sache. Und es ist jetzt wohl auch Zeit zu gehen.«

»Ja, gehen Sie ruhig.« Madame Chevalier winkte abwertend mit der Hand. »Wir werden einen Weg finden, und wenn Sie dann leer ausgehen, ist das nicht unsere Schuld. Mehr als ein Angebot machen konnten wir nicht. Lassen Sie sich ruhig von dem jungen Levall bezirzen.« Ihr Blick richtete sich scharf auf Cora. »Wie man hört, gibt er sich ja mächtig Mühe.«

»Also das muss ich mir wirklich nicht anhören.« Cora war eigentlich nicht der Typ, der schnell aus der Haut fuhr, aber das ging ihr jetzt doch zu weit. Diese ganze aggressive Stimmung im Raum und die deutliche Abwertung ihrer Person, welche sich hier unterschwellig heraushören ließ, war eindeutig zu viel. Alteingesessene Winzerfamilie hin oder her, so was gehörte sicherlich nicht zum guten Ton, weder in England noch in Frankreich. Sie stand ruckartig auf. »Danke für das Gespräch. Ich werde jetzt gehen. Ich finde alleine hinaus. Mr. und Mrs. Davington, wir sehen uns auf der Domaine Levall.«

Cora stürmte aus dem Arbeitszimmer und durch den Flur des Châteaus. Was waren das denn für Leute? Sie verstand plötzlich, warum Maxime und Pascal kein gutes Haar an ihren Nachbarn ließen. Sie führten sich ja auf wie … wie … Ihr viel nichts ein, aber im Mittelalter hatten sich Gutsbesitzer sicher auch so benommen – ihren Vasallen gegenüber. Spionierten die einfach in ihrem Leben rum. Wahrscheinlich hatten sie sogar fluchs ausgerechnet, mit wie viel Geld sich eine arbeitslose Redakteurin sicher um

164

die Finger wickeln ließ. Ja, das traute sie diesem Pierre Mergot durchaus zu.

Draußen auf der Treppe des Château de Mérival atmete sie einmal tief ein. So ein tolles Haus, so ein wunderschönes Anwesen und so grausige Besitzer. Sie zögerte kurz, jetzt wutschnaubend die Einfahrt entlangzustapfen. Nein, es gab sicher einen kürzeren Weg durch den Park. Nur schnell weg hier.

15

Robert hatte Mergots Feilscherei mit den neuen Land-
besitzern nicht beiwohnen wollen und ihm das Feld an
diesem Tag überlassen.

Die junge Frau rannte ihm an der Ecke zum Rosengarten
direkt in die Arme. Er fing sie auf, sonst wäre sie wohl in
die Hecke gestürzt. Dabei nahm er einen Hauch von Lavendel und Veilchen wahr.

»Pardon … sorry«, sagte sie, nachdem sie sich wieder
gefangen hatte, wand sich aus seinem Griff und fluchte
leise.

Sie war Engländerin? »Was machen Sie hier?« Er trat
einen Schritt zurück.

Ihre blauen Augen funkelten ihn wütend an.

»Monsieur Mergot hat mich eingeladen, aber es war ein
Fehler, hierherzukommen.« Sie strich sich mit einer fahri-
gen Bewegung ihr Kleid glatt.

Robert registrierte ihre weiblichen Formen. Er räusperte
sich. »Oui, war Ihr Besuch nicht wie erwartet?«

»Nein, Monsieur Mergot ist nicht … Wer sind Sie eigentlich?« Sie fixierte ihn immer noch, und ihre Brust hob
und senkte sich schwer atmend.

Robert deutete auf die Heckenschere, die er bei dem Zusammenstoß hatte fallen lassen.

»Gärtner?« Cora schnaubte. »Ihr Chef oder wie auch immer ist ein sehr unhöflicher Mensch. Und ich werde jetzt gehen. Komm ich da hinten auch zur Domaine Levall rüber?«

»Ja, einfach an der Hecke lang, und dann sind Sie schon am Fuß des Hügels.«

Sie rauschte davon. Robert blickte ihr nach. Sie sah gut aus. Gleich verbot er sich diesen Gedanken. Wenn sie bei Mergot gewesen war, konnte dies nur eins bedeuten. Und für ihn bedeutete ihr fluchtartiger Abgang, dass es noch mehr Probleme geben würde. Er stöhnte innerlich und wappnete sich schon mal gegen das, was ihn gleich im Haus erwarten würde.

Lavendel, sie hatte nach Lavendel gerochen. Ein kurzes Kribbeln huschte seine Arme empor.

⋘⋘

In seinem Arbeitszimmer war die Stimmung mehr als angespannt. Seine Mutter stand am Fenster, Isabel saß mit grimmigem Gesichtsausdruck auf dem kleinen Chippendale Sofa, und Mergot klaubte schnaufend seine Unterlagen von Roberts Schreibtisch.

»Und, hast du dein Land bekommen?«, fragte Robert, obwohl er sich beim Anblick dieser Szene sehr wohl seinen Teil denken konnte.

Anstatt Mergot antwortete seine Mutter brüskiert. »Diese Engländer sind unmöglich. Da bietet man ihnen so viel

Geld, und diese junge Frau kann es ja doch auch gebrauchen, aber Pascal und Maxime haben wohl ganze Arbeit geleistet.«

»Also haben sie nicht zugesagt.«

Isabel erhob sich und machte eine resignierte Geste mit den Armen. »Nein, haben sie nicht. Sie wollen sich das noch in Ruhe überlegen.«

Robert musste sich ein Grinsen verkneifen. Nicht dass dies nun alles vereinfachen würde, aber dass die Engländer Mergot anscheinend Kontra gegeben hatten, ließ ihn innerlich Beifall klatschen. Und ihm verschaffte es vielleicht auch noch etwas Zeit, wofür auch immer.

»Ich werde ihnen jetzt noch zehn Tage Zeit einräumen, so lange hat Pascal sie ja anscheinend eingeladen. Wenn sie dann sowieso abreisen, werden sie sicherlich nicht ohne einen Koffer Geld auf die Insel zurückfahren wollen. Das ist doch alles nur dummes Theater.« Mergot war sichtlich verärgert. »Und ich werde mit der Bank in Bordeaux sprechen. Sie sollen diesem Maxime noch mal etwas Druck machen. Das Ganze wird doch eine Farce. Ohne die weiteren Flächen bekommen wir über kurz oder lang Probleme mit dem Bauamt, und es soll ja schließlich bald losgehen.«

»Wir können die Domaine doch sowieso erst zum Winter hin übernehmen.« Robert war dieser ganze Druck zu viel.

»Zum Winter?« Mergot sah Robert an, als hätte dieser gerade einen schlechten Witz erzählt. »Im September muss das geregelt sein. Ich werde sicherlich nicht warten, bis die Levalls da ihre letzten Trauben abgepflückt haben. Das kannst du dann ja erledigen. Ich will im September den ersten Spatenstich erfolgen lassen, und am besten reißen wir den Schuppen da oben dann auch gleich mit ab.«

Robert spürte, dass Mergot gerade so voller Aggression war, dass es wohl kaum Sinn hatte, weiter darauf einzugehen. Dass Pascal und Maxime aber schon in drei Monaten die Domaine freigeben würden, daran glaubte er im Leben nicht.

»Ich würde dann jetzt gerne wieder an meinen Schreibtisch. Ihr entschuldigt mich.«

Isabel blickte ihn grimmig an, während seine Mutter und Mergot bereits das Feld räumten und das Zimmer verließen.

»Du hältst dich da ja fein raus. Papa muss mit diesen Touristen alleine sprechen, und jetzt tust du so, als ob dich das gar nichts angehen würde.« Sie stemmte die Arme in die Hüften.

»Doch natürlich geht mich das was an, aber wie dein Vater gerade sagte, nun warten wir die Tage erst mal ab.« Er widerstand ihrem wütenden Blick. »Und ich würde jetzt gerne noch etwas arbeiten, denn neben eurem Ferienpark haben wir noch ein Weingut zu führen.«

»Eurem Ferienpark? Das wird auch deiner, und genau deswegen, damit du nicht mehr dauernd zwischen diesen Pflanzen herumkriechen musst.« Isabel reckte brüskiert die Nase empor.

»Ich krieche gerne zwischen meinen Pflanzen herum, Isabel, und momentan sind diese es auch noch, die uns hier alle ein Leben ermöglichen. Also, ich muss noch die Bestellungen bearbeiten.«

16

Cora eilte auf ihr Zimmer und zog sich blitzschnell die unbequemen Schuhe aus. Der hastige Lauf vom Château bis hinauf zur Domaine Levall hatte ihr erhitztes Gemüt nur wenig abgekühlt. Sie löste ihre Haare aus dem engen Knoten und ließ sich rücklings auf das Bett fallen. Dieses Kaufangebot war das eine. Natürlich schmerzte es nun erst mal, auf das Geld zu verzichten. Aber noch viel mehr schmerzte die Gewissheit, was hier passieren würde, würde sie das Geld annehmen. Es fühlte sich falsch an, mehr als falsch, auch wenn es nicht ihr Ding und sie da jetzt unfreiwillig hineingeraten war. Doch so, wie sie diesen Pierre Mergot und die Chevaliers kennengelernt hatte, waren das die letzten Personen, denen sie dieses Land zum Fraß vorwerfen wollte. Die hatten einfach Erkundigungen über sie eingeholt. Sie schnaufte wieder empört. Natürlich konnte man sich in so einem Fall Informationen wie Adresse und Telefonnummer besorgen, so was war ja öffentlich zugänglich. Aber ihre Arbeitslosigkeit stand wohl nicht auf Platz eins der Suchergebnisse im Internet. Und dies dann auch noch ganz frech dazu zu benutzen, sie vor allen anderen Anwesenden bloßzustellen, das machte man doch einfach nicht.

Cora drehte sich auf die Seite und schaute aus dem Fenster. Vielleicht sollte sie einfach zurück nach London fliegen. Ob sie jetzt hier noch die restlichen Tage herumsaß und sich um diese ganze Geschichte Gedanken machte oder einfach nach Hause ging, von dort vielleicht Monsieur Mergot das Okay zum Kauf des Landstücks gab und … Dann würde zumindest für sie alles gut werden. Hörte sich doch recht einfach an. Maxime würde sowieso verkaufen, da würde weder sie noch einer der anderen Gewinner wohl etwas daran ändern können. Also … In einem Anflug von Trotz stand sie auf und tappte mit nackten Füßen in Richtung Küche.

Valeska rührte in einem großen Topf. Wie bisher jeden Tag kümmerte sie sich um das Abendessen. Der würzige Duft trieb Cora aber heute nicht ein Knurren in den Magen, sondern eher bittere Galle in den Hals.

»Valeska?«

»Oh, Cora, du bist ja schon zurück. Und, wie war es?« Bei der Frage rührte sie zunächst weiter, ohne sich zu Cora umzudrehen.

»Wir haben alle den Verkauf erst mal aufgeschoben.«

»Ach.« Valeska hielt inne und wandte den Kopf nun doch zu Cora.

»Mr. Davington meinte, dass man uns ein bisschen mehr Bedenkzeit einräumen sollte.«

»Und da sind Monsieur Chevalier und Monsieur Mergot drauf eingegangen.«

»Monsieur Mergot war nicht sehr begeistert und ist auch etwas ungehalten geworden.«

Valeska lachte kurz spitz auf. »Das kann ich mir vorstellen. Als Maxime und Pascal nicht sofort zugestimmt haben, hat der hier schon einige Wellen geschlagen.«

»Nun ja, aber ich denke … Ich weiß nicht.«

»Du kannst das Geld gut gebrauchen, hm? Ich denke, das nimmt dir auch keiner übel. Ich würde da auch nicht lange überlegen.« Sie putzte sich die Hände an ihrer Schürze ab, trat zu Cora und fasste sie bei den Oberarmen. »Die Domaine Levall wird zum Jahresende verkauft, so schwer uns das auch allen fällt.« Mit einem langsamen Nicken unterstrich sie diesen Satz.

»Ja, ich weiß. Aber ich finde es so schrecklich unfair. Was wird dann aus Maxime, Pascal und dir?«

Valeskas Stimme klang nun doch etwas bedrückt. »Wir werden schon alle unseren Platz finden.«

»Ich … ich glaube, ich werde morgen abreisen. Sei mir doch bitte nicht böse, es ist wirklich wunderschön hier, aber …«

»Du hattest dir deinen Urlaub etwas anders vorgestellt.« Valeska nickte erneut.

»Ich werde mal packen gehen. Würdest du … wenn Pascal nachher wieder da ist … Ich müsste dann morgen irgendwie zum Flughafen kommen.«

»Ich spreche mit ihm, obwohl ich es schade finden würde, wenn du schon abreist. Noch hättest du ja mehr als eine Woche.«

»Ja, aber ich glaube, es ist besser, wenn ich gehe.«

»Kommst du denn heute noch zum Abendessen?«

Auch wenn Cora nicht erpicht darauf war, mit den ande-

173

ren an einem Tisch zu sitzen, antwortete sie: »Ja, natürlich.«
Ihr tat Valeska leid. Sie hatte sich bisher so viel Mühe gegeben, dass es Cora hier gut erging.

⋘⋘⋘

Cora hasste es, nicht zu wissen, was richtig oder falsch war.
Wütend warf sie die ersten Kleidungsstücke in ihren Koffer. Verdammt, hätte nicht wenigstens dieser Urlaub ohne Probleme verlaufen können. Zwar würde sie einen Sack voll Geld mit nach Hause bringen, aber so sehr sie sich unter anderen Umständen darüber gefreut hätte, der bittere Beigeschmack blieb. Sie verschränkte die Arme und starrte auf ihren Koffer.

Es klopfte an der Tür. »Cora?« Es war Pascals Stimme.

Cora fuhr sich mit beiden Händen übers Gesicht. Nein, mit ihm wollte sie jetzt nicht reden.

»Cora, bitte!«

»Komm rein.«

Pascal betrat das Zimmer, sah kurz auf ihren Koffer und dann ihr direkt in die Augen. »Valeska hat mir gerade gesagt, dass du morgen abreisen willst.«

»Ja.« Cora zuckte etwas hilflos mit den Schultern. »Ich denke, es ist besser so.«

»Mr. Davington hat mir erzählt, dass ihr dem Verkauf erst mal noch nicht zugestimmt habt.«

»Ja, aber viel wird das ja nun auch nicht bringen.«

Pascal trat etwas dichter an sie heran. Sie spürte die Wärme, die von seinem Körper ausging. Schlagartig war ihre

Erinnerung an die gemeinsam getanzten Stunden am Feuer wieder da. Sie musste schlucken.

»Es tut mir leid, Cora. Ich glaube, ich hab das verbockt. Ich hätte euch da nicht mit reinziehen sollen. Dieses Gewinnspiel war eine dumme Idee. Ich wollte den Chevaliers nur noch einmal ordentlich Steine in den Weg legen und … Ich hatte nicht weitergedacht.«

»Das fällt dir aber früh ein.«

»Mein Onkel hat mir da auch schon ordentlich den Kopf gewaschen. Er wollte es ja von vornherein nicht. Aber zumindest habe ich erreicht, dass dieser Mergot sich gerade ziemlich ärgert.« Sein Lächeln geriet etwas schief. »Und«, er wandte seinen Blick von Cora ab, »mir fällt das auch nicht leicht, wenn wir hier fortmüssen. Es ist ja auch irgendwie mein Zuhause.«

Cora seufzte und legte Pascal eine Hand auf den Arm. »Ich weiß. Wahrscheinlich hätte ich mir in deiner Situation auch irgendwas … Dummes einfallen lassen. Aber ich denke trotzdem, es ist besser, wenn ich abreise.«

»Das wäre wirklich schade. Ich wollte dir doch noch ein bisschen was von unserer schönen Gegend hier zeigen. Ich …« Er wirkte verlegen. »Als ich dich in London kennengelernt habe, dachte ich mir gleich, dass es dir hier sicher gut gefallen würde. War nur so ein Gefühl …«

Cora lächelte. »Mir gefällt es hier ja auch, so ist es ja nicht.«

Ein kurzes Aufblitzen huschte durch seine Augen. »Lass es mich doch bitte wiedergutmachen. Bleib noch die restlichen Tage, und … du brauchst dann auch wirklich kein schlechtes Gewissen haben, das Angebot von den Chevaliers anzunehmen. Ich dachte … es würde dir ein bisschen helfen.«

»Du hast das geplant, schon damals in London?« Jetzt trat Cora einen Schritt zurück und schüttelte den Kopf.

»Hey, du sahst so traurig aus und warst gerade deinen Job los. Ich wollte, dass du einen schönen Urlaub bekommst. Dass … dass dann so was noch zusätzlich draufkommt, das konnte ich damals noch nicht ahnen. Und … ich konnte dich halt gut leiden. Komm, so schlecht ist es doch gar nicht, oder?«

Cora blickte ihn grimmig an. »Nein, ist es nicht, aber dass ich mich nicht gerade gut dabei fühle … Ist dir das eigentlich klar?«

Er legte den Kopf etwas schief, und ein ganz schwaches Lächeln umspielte seinen Mund. »Es tut mir leid, wirklich. Mehr als entschuldigen kann ich mich nicht. Und«, er hob beschwörend eine Hand, »wenn du bleibst, verspreche ich, alles dafür zu tun, dass du dich bei der ganzen Sache nicht mehr schlecht fühlen musst.«

»Hm.« Cora verschränkte die Arme vor der Brust.

Pascal drehte sich wieder ganz zu ihr und breitete die Arme aus. »Komm, es ist Sommer, hier gibt es Unmengen Wein, und wenn du doch eher nach Hause willst, bringe ich dich sofort zum Flieger – aber erst mal bleib bitte noch.«

Beim Klang seiner Stimme schauderte Cora leicht. Sie hatte eindeutig einen flirtenden Ton angenommen. Und wieder war sie da, die Erinnerung an den warmen Sand unter ihren Füßen, die Musik und das Meer und die Nähe zu seinem Körper. In diesem Moment wollte ein großer Teil von ihr den Urlaub doch noch nicht abbrechen.

»Okay, ich bleibe noch.«

Pascal strahlte über das ganze Gesicht. »Prima. Dann wird Valeska mich auch nicht gleich umbringen. Damit hat sie mir nämlich eben gedroht.«

Als Pascal und Cora die Küche betraten, entging es Cora nicht, wie Pascal kurz zu Valeska nickte und diese daraufhin sie mit einem zufriedenen Blick bedachte.

»Setzt euch, setzt euch, es gibt heute Bouillabaisse. Das wird Maxime auch etwas besänftigen. Den hat der Tag auch ziemlich mitgenommen.«

Kurz darauf kam Maxime nach Hause. In der geöffneten Tür blieb er stehen. Sein Blick fiel auf Cora, dann auf Pascal und schließlich auf den großen dampfenden Topf. »Wenigstens Valeska weiß noch, was sie tut.« Kopfschüttelnd trat er ein. »Ich musste mir gerade im Weinberg von einem nackten Engländer einen Vortrag halten lassen, dass ich verrückt wäre, dies hier alles an den – ich kannte das englische Schimpfwort nicht – Nachbarn zu verkaufen. Und dieser nackte Engländer riet mir, das alles noch einmal prüfen zu lassen.« Maxime fuhr sich mit der Hand übers Gesicht. »Sie haben auch nicht verkauft, hm?«

Cora schüttelte den Kopf.

Pascal schob sich etwas vor sie und hob die Hände. »Mergot und Robert haben auf jeden Fall heute einen Dämpfer bekommen. Lass sie einfach etwas schmoren. Und vielleicht hat der Engländer ja recht, vielleicht sollten wir den Verkauf noch einmal genau abwägen.«

Maxime ließ sich auf seinen Platz am Tisch fallen und stützte die Ellbogen auf diesen. In dem Moment betraten die Davingtons – bekleidet – die Küche.

»Ich weiß zwar nicht, wie wir das alles abwenden sollen, zumal die ihr Feriendorf da unten ja so oder so bauen werden, aber anscheinend habe ich hier ja eh nichts mehr zu sagen. Valeska, das riecht übrigens sehr gut. Bouillabaisse?«

»Ja.« Valeska bugsierte den großen Topf auf den Tisch und holte danach zwei lange, noch dampfende Baguettes aus dem Ofen. Dann traf ihr strenger Blick Mr. Davington, der gerade anzusetzen schien, das Thema des Tages wieder aufzugreifen.

»Erst mal essen wir jetzt in Ruhe. Ich will von dem ganzen Verkaufskram heute nichts mehr hören.«

Alle zuckten zusammen. Valeska hatte ein mütterliches Machtwort gesprochen.

⪪⪪⪪⪫⪫⪫

Mr. Davington hielt es gerade so bis nach dem ersten Teller Suppe aus, dann sprach er Maxime doch noch einmal auf die ganze Sache an.

»Wissen Sie, Monsieur Levall, ich habe einige Zeit im Immobilienbereich gearbeitet. Ich könnte mir vorstellen, dass die rechtlichen Dinge in Frankreich nicht so anders sind als in England. Man hat sicher Möglichkeiten, darauf einzuwirken, was seine Nachbarschaft bauen darf und was nicht. Ich würde das gerne einmal prüfen, alleine schon, weil es ja jetzt auch mein Nachbar ist, der da unten.«

Maxime winkte etwas müde ab. »Tun Sie, was Sie für richtig halten. Mein Anwalt hat die Sache zwar schon geprüft …«

Pascal räusperte sich. »Na ja, dein Anwalt ist auch der Anwalt der Chevaliers.« Er sah zu Mr. Davington und zuckte mit den Schultern.

Der legte den Kopf etwas schief und schüttelte diesen dann. »Da gibt es sicherlich was zu prüfen, zumal … Ich weiß nicht, ob er in so einem Fall beide Familien betreuen darf.«

Maxime klopfte mit einem Finger auf den Tisch. »Das ist der Neffe des Mannes meiner Schwester.«

Pascal hob entschuldigend die Hände. »Wir sind hier auf dem Land, da kennt halt jeder jeden.«

Mr. Davington hob mahnend einen Zeigefinger. »Und genau deswegen sollte sich das mal jemand ansehen, dessen Familie hier noch nicht seit Jahrhunderten in der Erde buddelt.«

Cora nickte zustimmend. Das, was Mr. Davington da gerade anmerkte, konnte durchaus sinnvoll sein. Zudem umgab ein leichter Hauch von Chance diese Idee. »Ich glaube, Mr. Davington hat recht.«

»Mir soll's recht sein«, stimmte Maxime zu.

Am nächsten Morgen horchte Cora nach dem Erwachen in sich hinein. War es richtig gewesen, hierzubleiben? Sie konnte kein schlechtes Gefühl ausmachen. Zufrieden streckte sie sich einmal. Vielleicht würde die Rettung der Domaine ja gelingen? Aber dann gäbe es sicherlich auch kein Geld. Ihre positive Stimmung bekam einen Dämpfer. Sie legte die Hände unter den Kopf und starrte an die Decke. Wäre das schlimm? Immerhin war sie ja nicht mit der Option hierhergekommen. Wie gewonnen, so zerronnen. Sie seufzte. Am besten machte sie sich darüber jetzt keine Gedanken mehr, genoss ihre letzten Tage Urlaub und wartete ab, ob Mr. Davington vielleicht einen Lichtschein an das Ende des Tunnels zaubern könnte. Wie auch immer …

Sie schubste die Decke fort und stand auf.

Valeska empfing Cora wie jeden Morgen mit einem frischen Kaffee. »Ich muss gleich nach Saint-Vivien. Das ist ein schönes Städtchen. Was meinst du, willst du mitkommen? Da gibt es auch ein paar Geschäfte. Also das ist keine große Stadt, aber ich finde sie ganz lauschig.«

Cora nippte an dem heißen Getränk. »Ja, gern, warum nicht.«

17

Robert trat aus der kleinen Druckerei in Saint-Vivien. Er hatte es lieber persönlich übernommen, den kleinen Druckfehler mit Marcel Gerondenéve zu besprechen. Der alte Drucker hatte schon für seinen Vater die Flaschenetiketten gestaltet. Er setzte die kleinen Holzbuchstaben noch von Hand in die Druckkästen, etwas, was nur noch drei oder vier Druckereien in ganz Frankreich taten. Doch genau deswegen waren die Etiketten etwas Besonderes. Nur war der gute alte Gerondenéve, der Brillengläser fast so dick wie seine Holzbuchstaben trug, inzwischen manchmal etwas unsicher. So hatte sich auch diesmal ein kleiner Fehler eingeschlichen. In einem Wort war statt ein u ein o gelandet. Auch wenn Isabel immer über den ganzen Aufwand dieser jährlichen Etikettenherstellung maulte, Robert würde daran festhalten, solange Gerondenéve mit seinen alten, krummen und schwarz gefärbten Fingern seine Arbeit noch erledigen konnte. Auf Beschriftungen aus einer Großdruckerei konnte er immer noch umstellen, wenn … Man nahm den Menschen nicht einfach seine Aufgaben weg, vor allem nicht, wenn es ihre Lebensaufgabe war – dem Drucker nicht seine Buchstaben und dem

Winzer nicht seinen Wein. Er ballte unwillkürlich die linke Hand zur Faust. Hier im Médoc pflegte man noch Traditionen. So war er auch heute schon am Morgen nach Saint-Vivien gefahren, um Gerondenéve in seiner kleinen Werkstatt aufzusuchen. Früher hatte es in der Druckerei viele Arbeitsplätze gegeben, schließlich hatten sich einige hundert Weingüter aus der Region hier mit Etiketten versorgt. Doch heute konnte man diese einfach im Internet bestellen. Robert aber mochte die altmodischen Aufdrucke, von denen man immer ganz schwarze Finger bekam, wenn man darüberfuhr. Das Papier war dick, die Buchstaben fast eingeprägt, und Gerondenéve klebte sie mit einem ganz speziellen Leim auf, der viel besser hielt als der industrielle. Nichts war schlimmer, fand Robert, als wenn eine Weinflasche feucht wurde und ihr Etikett sich löste wie ein billiger Aufkleber und hinabrutschte. Das durfte auf Weinflaschen aus dem Supermarkt passieren, aber doch nicht auf Flaschen, die in Pinienholzkisten mit persönlichem Grußschreiben beim Kunden landeten. Robert verkaufte seine Weine zwar auch überwiegend an Großkunden wie Hotels, Restaurants und Weinhändler, doch der Wein des Château de Mérival sollte selbst für diese etwas Besonderes bleiben. Sein Vater hatte immer gesagt: »Die Erinnerung an den Geschmack ist das eine, die Erinnerung an den Winzer das andere.« Und Robert versuchte, diesem Leitspruch zu folgen. Persönliche Betreuung seiner Kunden war für ihn selbstverständlich. Umso ärgerlicher, dass er sich, seit Mergot in seinem Leben aufgetaucht war, dauernd rechtfertigen musste, warum er keinen Onlineshop betrieb oder moderne Vertriebskanäle nutzte. Pierre Mergot war sicher ein guter Geschäftsmann, und er war auch sicher gut darin, den richtigen Riecher für Investitionen zu haben, doch eines hatte dieser Mann einfach nicht – Kultur. Er mischte manchmal sogar Rotwein mit Cola. Robert schüttelte es innerlich allein bei dem Gedanken.

Aus dem o war nun mit einigen netten Worten und einer großen Lupe ein u geworden. Dann hatte Robert noch einen kleinen Plausch mit dem Drucker gehalten, der wie immer auf einem alten hölzernen Stuhl an seinem Setztisch gesessen hatte, ein wärmendes Schaffell im Rücken. Er hatte ein gutes Gefühl. Die bestellten Etiketten würden Gerondenéve ein weiteres Jahr ein Zusatzeinkommen zu seiner schmalen Rente geben und die Druckerfarbe in der kleinen Betriebshalle noch nicht eintrocknen lassen.

Robert schlenderte zufrieden die Rue de la Gare entlang. Es war noch früh. In wenigen Stunden würden viele Touristen das Städtchen besuchen, um die Kirche Saint-Vivien herumlaufen, sich in die kleinen Geschäfte drängen und vor allem jeden verfügbaren Platz in den wenigen Cafés besetzen. Er sollte sich eilen, wenn er seinen Kaffee noch in Ruhe trinken wollte.

Als er hinter der Kirche um die Ecke bog, sah er von weitem eine einzelne blonde Frau auf dem Platz hinter dem Gebäude stehen. Sie hatte den Kopf in den Nacken gelegt, die rechte Hand schirmte die Augen gegen die Sonne ab, und ihr Blick war auf das runde romanische Kirchenschiff gerichtet. Es war die Engländerin, die ihm gestern im Garten in die Arme gestürzt war.

Blitzschnell musste er sich entscheiden. Ging er zu ihr hin und sprach sie an oder lief er einen Bogen und versuchte, ihr nicht zu begegnen? Seine Beine nahmen ihm die Entscheidung ab, indem sie sich schnurstracks auf sie zubewegten. Gleichzeitig spürte er ein trockenes Gefühl im Mund. Jetzt musste er sie auch ansprechen.

Leise räusperte er sich. »Bonjour, Madame.«

Die Frau sah ihn fast erschrocken an. »Oh, bonjour.«

Sie schien einen Augenblick überlegen zu müssen. Sie erkannte ihn nicht. Robert wurde etwas unsicher.

»Wir sind uns gestern begegnet … im Park … beim Château.«

»Ach ja, Sie sind … der Gärtner.« Ihre Miene erhellte sich kurz, wurde dann aber misstrauisch. »Sie sind der Gärtner der Chevaliers.«

Der Ausdruck ihrer Augen sagte ihm, dass sie, wenn er sich jetzt als Robert Chevalier vorstellen würde, wohl sofort auf und davon wäre. Nach dem, was er sich vom gestrigen Gespräch zwischen Mergot und den Engländern zusammenreimen konnte, war es ja mehr als schiefgelaufen. Er beschloss, es spontan bei der kleinen Notlüge zu belassen. Er wollte unbedingt eine Chance, mit ihr zu sprechen, unbelastet.

»Gärtner, Stallbursche, Weinpflücker … Ich bin da ein bisschen das Mädchen für alles.« Er zuckte mit den Schultern und lächelte.

Die Engländerin musterte ihn einmal von oben bis unten.

»Heute Vormittag habe ich frei. Ich hatte etwas zu erledigen.« Er klopfte schnell auf die kleine Aktenmappe, in der die Muster der Flaschenetiketten waren. »Pflanzen bestellen, Sie wissen schon, für die ganzen Beete. Ist ja bald Hochsommer. Und Pferdefutter, Pferdefutter musste ich auch einkaufen.«

Ihr Blick wurde etwas weicher, das Misstrauen wich.

»Gefällt Ihnen die Kirche? Die ist aus dem 6. Jahrhundert. Na ja, fast. Der Turm ist erst ein paar Jahrzehnte alt, aber das Schiff«, er wandte sich in dieselbe Blickrichtung wie sie, »das steht hier schon über tausend Jahre. Beeindruckend, oder?« Er sah sie von der Seite her an.

Sie schmunzelte, wobei sich zwei kleine Grübchen seitlich der Lippen bildeten. »Historiker sind Sie wohl auch.«

»Ich mag so was, stellen Sie sich doch mal vor – damals, als noch die Ritter hier vorbeizogen. Angeblich trafen sie sich im Schatten der Kirche Saint-Vivien, um vom oberen Médoc aus zu den Kreuzzügen aufzubrechen.«

In diesem Augenblick rauschte ein lauter Transporter hinter ihnen die schmale Straße entlang.

Die Engländerin lachte nun. »Ja, damals war es hier wohl noch ruhiger.«

Jetzt oder nie. Robert straffte sich. »Hätten Sie Lust, einen Kaffee mit mir zu trinken? Ich … ich habe noch etwas Zeit, bis ich zurückmuss.«

Die junge Frau sah sich kurz um. »Ich bin nicht allein hier. Ich bin mit Madame … der Haushälterin der Levalls hier.«

»Valeska? Wenn die hier heute Besorgungen macht, haben Sie mit Sicherheit genug Zeit, in Ruhe einen Kaffee zu trinken.« Er schenkte ihr ein aufmunterndes Lächeln und ermahnte sich im Stillen, die Sache mit dem *Gärtner* nicht jetzt schon auffliegen zu lassen.

»Wenn Sie meinen, dann gerne.« Jetzt wirkte sie ganz entspannt.

»Madame.« Er wies ihr den Weg.

»Mein Name ist Cora.«

Wieder zeigte sie ihm diese kleinen, unwiderstehlichen Grübchen.

»Franco.« Er streckte ihr die Hand hin.

»Freut mich, Franco. Und dass ich gestern so in Sie reingerumpelt bin, tut mir leid. Es war kein nettes Gespräch im Château.«

»Ja, Monsieur Mergot ist manchmal etwas … schwierig.«

»Schwierig?« Sie lachte laut auf. »Meine Bewunderung, dass Sie es mit ihm aushalten.«

Robert zuckte mit den Schultern. »Er mag weder Pflanzen noch Pferde. Da hab ich meine Ruhe.«

Er führte sie in ein kleines Café jenseits des Kirchplatzes. Auch wenn nicht viel los war, er hatte Angst, dass sie jemand sah. Womöglich flog sein Schwindel dann gleich auf. Schlimmstenfalls liefen sie gar Valeska in die Arme. Da hatte er ja was angefangen.

Im Café Plaisir war nicht viel los, und die jugendliche Bedienung spielte mehr mit ihrem Telefon, als dass sie auf die Gäste schaute. Robert atmete auf.

»Was möchten Sie trinken?« Er schob ihr einen Stuhl zurecht und mahnte sich sogleich, nicht zu wohlerzogen zu wirken.

»Was können Sie empfehlen?« Sie nahm Platz.

Er setzte sich ihr gegenüber. »Café au lait. Hier trinkt man um die Uhrzeit gerne noch einen großen Café au lait.«

»Ja, nachdem die Franzosen in der Früh einen Kaffee trinken, der Tote erwecken könnte.«

»Irgendwie muss man ja in Schwung kommen. Trinkt man in England den Kaffee nicht so stark?«

Er war schon in England gewesen und wusste auch, dass der englische Kaffee, was seine Stärke betraf, manchmal nicht vom Tee zu unterscheiden war, aber das musste sie ja nicht wissen.

»Na ja, nicht so stark wie hier anscheinend.«

Robert winkte dem Mädchen mit dem Telefon, hielt zwei Finger in die Luft und rief ihr halblaut die Bestellung zu.

»Und, gefällt es Ihnen hier im Médoc? Sie sprechen übrigens sehr gut Französisch.«

Sie nickte verhalten. »Danke. Ja, die Gegend ist wunderschön – der Strand, der Wald, die Weingüter. Die Menschen scheinen etwas schwierig.«

Er hob beschwichtigend die Hände. »Schließen Sie bloß nicht von Monsieur Mergot auf andere hier, zumal der ja nicht mal direkt von hier stammt.«

»Nicht? Ich dachte, der wäre so ein echter Gutsbesitzer.«

Robert kam nicht umhin, ein leises Prusten von sich zu geben. »Ach was, der hat schon überall gelebt. So etwas wie Wurzeln hat der nicht.«

Cora verzog kurz das Gesicht, als hätte sie in eine Zitrone gebissen. »Und wer hat den Fiesling dann in diese schöne Gegend gebracht?«

Ich Idiot! Robert hustete. »Oh, der junge Monsieur Chevalier ist mit der Tochter … zusammen.«

»Mit der blassen blonden jungen Frau? Wie hieß sie noch – Isabel? Ich dachte erst, das wäre die Tochter von Madame Chevalier. Zumindest sind sie sich ein bisschen ähnlich.«

Diese Aussage traf Robert wie ein Schlag mit einem Holzpfosten. Ja, Isabel und seine Mutter waren sich inzwischen sehr ähnlich. Isabel hatte viel von der Art und der Gestik seiner Mutter übernommen. Vielleicht war es genau das, was ihn nach und nach von ihr hatte abrücken lassen. Er mochte seine Mutter, aber sie war eine schwierige Person, insbesondere seit dem Unglück, seit sein Vater nicht mehr da war. Er fröstelte leicht, obwohl ihm die Sonne durch das Fenster des Cafés direkt auf die Arme schien.

Cora bemerkte seine kurze Verunsicherung offenbar nicht. »Der junge Monsieur Chevalier glänzte ja gestern mit Abwesenheit. Ist er auch so wie der Rest?«

Robert schüttelte den Kopf. Ihr Café au lait wurde gebracht, und er legte schnell beide Hände um die große Tasse. »Nein, das ist eigentlich ein ganz netter Kerl.«

Sie zuckte mit den Schultern. »Auf jeden Fall bin ich nicht wild drauf, den auch noch kennenzulernen.«

Robert musste jetzt das Thema wechseln. »Und bei den Levalls, gefällt es Ihnen da oben?«

Ihre Gesichtszüge wurden weich, und sie spielte mit ihren langen Fingern mit der Papierserviette, die neben ihrer Tasse lag. Ihre Hände waren ebenso schmal, und Robert musste dem Drang widerstehen, eine dieser Hände in die seine zu legen. Er wusste nicht, was diese Engländerin gerade in ihm anrichtete, aber seit er sie vorhin wiedergesehen hatte, verspürte er den Drang, sie zu berühren. Nur einmal ganz kurz, ihre warme Haut spüren oder ihren Atem. Ihm wurde ganz schwindlig bei dem Gedanken. Er räusperte sich, um seine Gedanken wieder zusammenzunehmen, während sie weitersprach.

»O ja. Es sind sehr nette Leute. Das Haus ist sehr schön, und Valeska versorgt die Gäste sehr gut. Maxime ist etwas eigenbrötlerisch, aber ein netter Mann, und Pascal …«

Da war es. Der Stachel traf Robert genau an der Stelle, wo er einst auch gesessen hatte. Die Art, wie diese junge Engländerin Pascals Namen ausgesprochen hatte. Etwas in Robert wurde zu Stein. Es war nicht das erste Mal, dass er eine junge Frau diesen Namen so aussprechen hörte. Und damals hatte es ins Verderben geführt.

»… Pascal gibt sich durchaus Mühe, ein guter Gastgeber zu sein.«

»Das kann ich mir vorstellen«, entfuhr es Robert einen Ticken zu scharf.

Cora warf ihm einen fragenden Blick zu. Eilig versuchte er, seinen Ton zu revidieren. »Nun ja, ich meine, er hat Sie ja eingeladen, da ist es nur recht und billig, dass er sich ein bisschen Mühe gibt.«

»Eingeladen, ja … Sie wissen von dem Gewinnspiel, Franco?«

Robert zuckte unschuldig mit den Schultern. »Ich habe gehört, wie sich Mergot und Robert darüber unterhalten haben. Ist doch toll für Sie, erst ein Stück Land, was dann auch noch zu einer stolzen Summe wird.«

»Na, aber den Urlaub hat mir das doch etwas versaut. Ich meine, was soll ich denn machen? Nehme ich das Geld, fühlt es sich falsch an, nehme ich es nicht«, sie seufzte, »wäre es für mich auch falsch, denn ich kann es eigentlich ganz gut gebrauchen.«

Robert lachte verhalten. »Dem Mergot wird das nicht weh tun, glauben Sie mir, Cora.«

Sie winkte ab. »Dem gegenüber hätte ich auch am wenigsten ein schlechtes Gewissen.« Dann stützte sie nachdenklich ihr Kinn auf ihre schmalen Hände. »Aber Maxime und die Domaine, selbst der Esel täte mir leid. Das gehört doch da alles hin, schon immer und ewig. Das können diese Leute doch nicht einfach ausradieren.«

»Da haben Sie recht. Die Domaine Levall aufzukaufen und damit der Familie ihren Sitz zu nehmen, und dann diese Geschichte mit der Ferienanlage … Ich meine, das Château de Mérival wird dadurch auch nicht gerade schöner werden.«

Es war das erste Mal, dass er es einer anderen Person gegenüber aussprach, und es tat gut, aber gleichzeitig auch furchtbar weh. Er hatte sich die ganze Zeit selbst belogen, dass Mergots Pläne das Beste für das Château waren und vor allem auch für ihn, denn seine finanzielle Situation wurde ganz und gar nicht besser. Es gab einfach Dinge, die der Weinanbau nicht vollends abdecken konnte, und dabei handelte es sich nicht um Isabels luxuriösen Lebenswandel oder die manchmal etwas speziellen Wünsche seiner Mutter. Er hatte noch ganz andere Verpflichtungen, die er aber ebenso wie ein Kontra gegen Mergots Pläne im Hause Chevalier nicht laut aussprechen konnte. Ihm wurde flau im Magen.

»Schön, dass Sie das auch so sehen.« Sie schaute ihm direkt in die Augen.

Mit einem künstlichen Lächeln versuchte er, die Situation zu überspielen. »Nun, ich werde dann wohl auch noch eines Tages Poolboy.« Doch sein Blick verfing sich in ihren Augen. Sie waren blau wie das Wasser des Atlantiks, mit kleinen goldenen Sprenkeln darin wie die Erde an den Ufern der Gironde. Und sie strahlten eine Wärme und Ehrlichkeit aus, wie er es schon lange in keinen Augen mehr gesehen hatte. Er musste sie unbedingt wiedersehen, auch wenn das bedeutete, sie weiterhin anlügen zu müssen. Schnell schaute er woanders hin. Fieberhaft kreisten seine Gedanken. Was mochte sie wohl. Natur? Sie war sicher nicht so ein Modepüppchen wie Isabel. Der Gedanke an Isabel rührte in diesem Moment gar nichts in ihm. So weit war es also schon. Auch eine Bestätigung, dass er sich mit all seinen Gefühlen selbst belogen hatte. »Ich würde … Wenn sie mögen … Ich meine …« Jetzt stotterte er auch noch. Er presste die Hände an seine heiße Tasse, dass der Schmerz ihn zu klaren Gedanken brachte. »Ich würde mich freuen, wenn wir uns noch einmal wiedersehen, bevor Sie abreisen.«

Cora zuckte mit den Schultern. »Gerne, wenn Sie denn Zeit haben?«

»Oh, das wird sich einrichten lassen.«

»Dann machen wir doch gleich etwas aus.«

»Gut.« Er überlegte. »Waren Sie schon an der Flussmündung und beim Leuchtturm?«

»Nein, so weit bin ich noch nicht gekommen«, antwortete sie lachend.

»Dann würde ich gerne mit Ihnen dorthin fahren, wenn Sie mögen. Es ist schön da oben und der Leuchtturm etwas Besonderes. Wann hätten Sie denn Zeit?«

»Ich hab Urlaub.«

»Prima. Dann hol ich Sie morgen ab, oder besser, wir treffen uns unten an der Zufahrtsstraße zur Domaine. Ist vielleicht nicht so geschickt, wenn ich da auftauche. Sie wissen schon, weil grad die Stimmung etwas … schwierig ist.« Das war sicherlich das Verrückteste, was er in den letzten Jahren angezettelt hatte. »Wir sollten aber früh los, man kommt nur mit dem Schiff zum Leuchtturm.«

»Schiff?« Cora riss ihre blau-goldenen Augen weit auf.

»Sind Sie nicht seefest?« Robert schmunzelte.

»Na, ich hab den Flug hierher ja auch überlebt.« Auf ihrer Stirn bildete sich kurz eine steile Sorgenfalte.

»Ich pass schon auf Sie auf.«

»Gut. Wann soll ich an der Straße sein?«

»Um neun?«

»Abgemacht.«

»Ich freue mich.« Und das tat er wirklich.

»Ich glaube, jetzt ist es auch langsam Zeit für mich zu gehen. Nicht dass Valeska mich suchen muss.«

»Wir sehen uns morgen.« Er stand höflich mit auf, als sie sich erhob.

»Um neun.«

Sie winkte ihm beim Verlassen des Cafés noch einmal zu und lief dann in Richtung Kirche davon. Robert sah ihr nach. Hatte er gerade ein Date mit einer fremden Frau arrangiert, und das auch noch unter einer falschen Identität? Er musste lachen. Wenn das nur gut ging. Sie hatte es eigentlich nicht verdient, dass er sie belog, und das war auch nun wirklich nicht seine Art, aber was war ihm anderes übriggeblieben, ihm, dem *Gärtner*. Dabei fiel ihm siedeheiß ein, dass er morgen wohl kaum mit seinem großen Geländewagen da auftauchen konnte. Er zog sein Handy aus der Tasche und wählte. Zweimal läutete es, dann meldete sich eine ihm wohlbekannte Stimme.

»Oui, Monsieur?«

»Franco, ich brauche morgen dein Auto.«

18

Als Cora auf dem Hof der Domaine aus Valeskas Auto stieg, bot sich ihr ein seltsames Schauspiel. Pascal und Maxime standen neben der Weinscheune, beide die Arme vor der Brust verschränkt, und beide schauten auf etwas, was dort wohl hinter den Büschen vor sich ging.

»Hey!«, begrüßte Cora die beiden.

»Hey«, antwortete Pascal und grinste breit. Seine braunen Augen funkelten Cora belustigt an.

Cora musterte ihn kurz, während sie auf die beiden zulief. Der Morgen mit Franco in dem kleinen Café war sehr schön gewesen. Sie hatte sich die ganze Rückfahrt über gefragt, wie so ein netter Mann bei so schrecklichen Leuten arbeiten konnte. Sie vermochte sich bildlich vorzustellen, wie die ihre Angestellten herumscheuchten. Und er sah auch gut aus. Dass sie hier in Frankreich gleich auf zwei nette Männer treffen würde ... Sie seufzte innerlich. Wahrscheinlich war es die Sonne, die ihre Hormone kochen ließ. Pascal war sportlich, gewitzt und eher der Typ Draufgänger, Franco hingegen eher ruhig, besonnen, vielleicht etwas schüchtern und verschlossen. Pascal der dunkle, braungebrannte Typ, der zu Hause immer gerne in leicht zerschlissenen T-Shirts herumlief. Franco für einen Gärtner akkurat und ordentlich gekleidet. Einzig ein wenig schwarze Finger hatten ahnen lassen, dass er sich die Hände durchaus mal schmutzig machte. Bestimmt hatten die Chevaliers ein Auge darauf, dass ihr Stallbursche und Gärtner nicht herumlief wie ein Bauer. Das wäre sicher unter ihrem Niveau.

Inzwischen war sie bei den beiden angekommen. »Was macht ihr hier?« Sie versuchte zu ergründen, was es da zu sehen gab.

Maxime schaute Cora von der Seite an, und es war das erste Mal, dass sie ihn wirklich amüsiert erlebte. Sein gegerbtes Gesicht mit dem stoppligen grauen Bart wirkte gleich um einige Jahre jünger, wenn er lachte. Nun zeigte er in Richtung der Büsche. »Moment!«

Cora wandte den Blick dorthin und wartete. In der nächsten Sekunde kam der Esel im gemächlichen Trab um die Ecke, die langen Ohren angelegt und die Nase weit nach vorn gereckt. Nur wenige Meter dahinter eilte Mrs. Davington, in einer pluderigen Stoffhose und einem nicht mehr ganz weißen Oberteil, dem Esel hinterher.

»Sie versucht seit einer Stunde, den Esel zu fangen, weil sie meint, er müsse mal gestriegelt werden.« Pascal lachte.

Cora zog die Augenbrauen hoch. »Und?«

»Der Esel mag das nicht«, erklärte Maxime.

Die Szene wiederholte sich. Nun trabte der Esel wieder in Richtung Scheune, Mrs. Davington mit hochrotem Kopf hinterher.

»Findet ihr das nicht ein bisschen gemein, da einfach so zuzusehen?« Cora stemmte die Hände in die Hüften.

Pascal schüttelte den Kopf. »Ich finde das sehr lustig, und ich denke, der Esel wird gewinnen. Allerdings – wenn Mrs. Davington was auszieht, wird er vielleicht auch tot umfallen.«

»Pascal!« Es war Valeskas Stimme, die das Kichern der beiden Männer sofort verstummen ließ. »Habt ihr nichts anderes zu tun?« Sie wedelte scheuchend mit den Händen. »Cora, hier, nimm einen Apfel. Damit lässt sich der Esel einfangen, und mal gebürstet zu werden wird ihm sicherlich nicht schaden. Und ich frag mich gerade, wer hier die Esel sind.«

Cora nahm grinsend den Apfel von Valeska entgegen und stolzierte an Maxime und Pascal vorbei. »Ich fang jetzt mal den Esel.«

Bei der nächsten Runde, zu der das Tier ansetzte, stellte sich Cora ihm in den Weg. Mit ausgestrecktem Arm hielt sie ihm den Apfel hin. Der Esel bremste abrupt, klappte seine langen Ohren nach vorn und beschnupperte das Obst.

»Oh, Mrs. Thompson, halten Sie ihn mal fest.« Mrs. Davington kam schnaufend hinter dem Tier hergeeilt.

Während der Esel genüsslich den Apfel kaute und auch nicht mehr aussah, als wollte er weiterhin mit dem Menschen fangen spielen, nahm Cora das Halfter vom Zaun und eine Bürste, welche dort schon bereitlag. Der Esel ließ sich anstandslos halftern, und während Cora ihm beschwichtigend die Stirn kraulte, begann Mrs. Davington in der Tat das Tier zu striegeln.

»Ich kann nicht den ganzen Tag am Wohnmobil herumsitzen. Wissen Sie, früher, da hatte ich das Haus und den Garten, und wir hatten ja auch die Firma, aber jetzt haben wir nur noch das Wohnmobil.« Sie strich mit der Bürste energisch über das graue Fell. Es war sicher nicht das erste Mal, dass sie so etwas machte.

»Hatten Sie auch mal Pferde?« Cora deutete auf die Wurzelbürste.

»Ach ja, ganz früher bin ich geritten. Aber das ist schon Jahrzehnte her. Überall auf der Welt sieht man schöne Pferde, in Andalusien und Portugal oder Marokko. Waren Sie schon einmal in Marokko, Mrs. Thompson?«

»Nein, so weit bin ich leider noch nie gekommen.« Der Esel begann langsam die Augen zu schließen. Es schien ihm zu gefallen.

»Auf jeden Fall fühle ich mich manchmal etwas überflüssig. Unseren Wagen habe ich blitzschnell aufgeräumt, und ansonsten gibt es ja nichts zu tun. Natürlich«, sie winkte einmal mit dem Arm, »wenn wir unterwegs sind, gibt es meist etwas zum Ansehen. Aber wenn wir irgendwo fest stehen, so wie hier gerade, da muss ich immer nach ein paar Tagen irgendetwas machen.«

»Na, der Esel sieht aus, als würde er sich das jetzt auch öfter gefallen lassen.«

»Ach, das arme Tier, hat ja hier auch keine wirkliche Aufgabe mehr.« Mrs. Davington tätschelte dem Esel freundschaftlich den Rücken. »Das ist leider so, wenn man alt wird. So, jetzt siehst du wieder hübsch aus.«

Nachdem Cora sich versichert hatte, dass Mrs. Davington und der Esel nun auf dem Weg waren, Freundschaft zu schließen, verließ sie die beiden und schaute sich nach Pascal um. Aus der Scheune erklang Geklapper. Sie fand ihn bei einem großen Stapel Weinkisten.

»Na, hat der Graubart die Missis gefressen?« Er lehnte sich lässig gegen einen der Stapel.

»Nein, ich glaube, da erwachsen gerade ganz neue Freundschaften.«

»Und wie war dein Morgen?«

»Ach, ganz nett. Schönes Städtchen, dieses Saint-Vivien.«

»Kleiner als London, was? Davon haben wir ganz viele hier. Für einen Stadtmenschen manchmal zu klein.« Er grinste etwas provozierend.

»So ein Stadtmensch bin ich nun auch nicht. Ich komme aus einem kleinen Dorf in Buckinghamshire.«

»Du? Vom Dorf?« Er lachte.

»Ja, ich. Was ist daran so witzig?«

»Nichts, ich dachte nur …«

»Dass ich mehr so eine Großstadtfrau bin. Da muss ich dich enttäuschen. Ich kann immerhin Esel einfangen.« Sie streckte einen Arm empor und zeigte ihm spielerisch ihre Oberarmmuskeln.

»Gut, dann kannst du mir ja gleich helfen, die Kisten hier müssen noch da rüber.« Er warf ihr eine der hölzernen Weinkisten zu.

Eine Stunde später war Cora verschwitzt und hungrig, aber es hatte gutgetan, mal etwas zu arbeiten. An der langen Scheunenwand türmten sich nun die Weinkisten zu einem ordentlichen Stapel.

»Wann geht die Weinernte denn los?«

»…lese, das heißt Weinlese.« Pascal wischte sich mit dem Handrücken über die Stirn. »Das dauert noch etwas. Je nach Wetter so Ende August bis Anfang September und dann bis hin zum Spätherbst.«

»Schade.« Cora ließ sich auf die letzte Kiste nieder, die noch am Boden stand. »Dann ist hier bestimmt mehr los, oder?«

»Ja, wir haben dann bis zu zehn Hilfsarbeiter. Man muss die Trauben zum optimalen Zeitpunkt ernten, und das schnell. Ist der Zuckergehalt nur ein bisschen zu gering oder zu hoch, kann das den ganzen Jahrgang verderben.«

»Und dann werden die Trauben einfach ausgepresst und der Saft in Fässer gefüllt?« Cora hatte keine Ahnung, wie man Wein machte.

»Oh, oh, Mrs. Thompson, Sie brauchen aber noch etwas Nachhilfe in Sachen Wein.«

»Ich denke, dazu bin ich hier.« Sie grinste. »Immerhin habe ich ja noch eine kleine Chance, dieses Jahr doch ein paar Trauben von meinem gewonnenen Land zu ernten.«

»Dann müsstet du allerdings noch mal wiederkommen.«

»Ja, das müsste ich dann wohl.«

Er streckte ihr die Hand hin, um ihr von der Kiste aufzuhelfen. Mit einem kräftigen Schwung zog er sie hoch und dicht an sich heran. Er kam mit seiner Wange ganz nahe an ihre und flüsterte ihr ins Ohr: »Hm, Madame, dann werde ich Ihnen heute Abend wohl noch einige Geheimnisse über Wein verraten müssen.«

Cora spürte, wie ihr Körper sofort auf seine Nähe reagierte.

Schon trat er einen Schritt zurück und zwinkerte. »Aber erst sollten wir was essen und duschen. Du riechst ein bisschen nach Esel.«

Spielerisch schlug sie mit der flachen Hand nach ihm. »Und du bist ein Esel.«

19

Es war schon dunkel, als Pascal Cora erneut zur Scheune führte. Der Mond stand bereits am Himmel und tauchte alles in ein silbriges Licht.

»Muss man solche Führungen in der Nacht machen?« Cora sah nach oben in den Himmel. Man konnte hier viel mehr Sterne erkennen als in London.

»Muss man nicht, hat aber seinen Reiz. Zunächst muss ich dir ja sowieso die trockene Theorie erklären.« Er verzog schon wieder scherzhaft das Gesicht. »Also, wir fangen noch mal in der Scheune an, und dann …«

»Und dann?«

»Müssen wir wohl noch einmal in den Weinkeller.«

Cora wusste noch nicht, wo dieser Abend hinführen würde, aber Weinkeller hörte sich schon ganz gut an. Trink bloß nicht so viel, ermahnte sie sich. Schließlich hatte sie am nächsten Tag bereits die nächste Verabredung, und das auch noch in Kombination mit einem Schiff. Sie musste kichern.

»Ist Madame schon von dem Wein, den es zum Essen gab, betrunken?« Er drehte sich auf dem Weg zur Scheune kurz zu ihr um.

»Nein, nein, ich bin noch voll da«, antwortete sie und bedeutete ihm weiterzugehen.

In der Scheune angekommen, schaltete er nicht das Licht an, sondern zückte eine Taschenlampe.

»So«, fuhr er in einem förmlichen Ton fort, »dann werde ich dir mal im Schnellverfahren erklären, wie man Trauben zu Wein macht.«

Cora hatte das Gefühl, dass die warme Luft des Tages, welche noch in dem Gebäude hing, und der süßliche Duft nach Wein, der sich hier auf immer und ewig festgesetzt hatte, ihr zu Kopf stiegen, ohne dass sie noch mehr Wein trinken musste.

Pascal leuchtete auf die erste Maschine. »Als Erstes werden die Trauben von den restlichen Blättern und Stielen befreit und dann gepresst.«

»Oh, macht man das nicht auch manchmal mit den Füßen?«

Er leuchtete erst sie und dann sich selbst mit der Taschenlampe an und machte ein lehrerhaft strenges Gesicht. »Wir Franzosen bevorzugen richtige Pressen. Das mit den Füßen macht man in einem bestimmten Anbaugebiet in Portugal.«

»Ups, Tschuldigung.« Cora kicherte und hielt sich die Hand vor den Mund. »War nur so eine lustige Vorstellung.«

»Also die Trauben werden gepresst. Das nennt man maischen. In dieser Maische gärt dann auch der Rotwein und bekommt eine intensive Farbe.«

»Und wie lange dauert das?«

»Das kann je nach Wein auch mal bis zu vier Wochen dauern.«

»Dass man auf gute Sachen immer so lange warten muss.«

»Sind Sie etwa jetzt schon ungeduldig, Mrs. Thompson?«

»Nein, nein, sehr spannend. Wie geht's weiter?«

»Nach dem Maischen wird der Wein dann gekeltert. Der, der abgelassen wird, ist der sogenannte Vorlaufwein. Dann wird der Rest aus der Maische herausgepresst, der sogenannte Presswein. Der erste ist der gute, der zweite, na ja … Und je nachdem, wie die Ernte war, wird der Presswein dem guten Wein wieder hinzugefügt.«

»Man panscht also schon bei der Herstellung?«

»Nein, panschen ist, wenn du zu Hause den Wein vom Pizzadienst mit dem Wein von der Tankstelle zusammenkippst.«

»Würde ich nie tun!« Cora schüttelte den Kopf und lachte.

»Gut. Der Rest ist schnell erklärt. Der Wein kommt dann in die guten Barriquefässer und anschließend in den Keller. Und je länger er da liegt, desto besser schmeckt er.«

»Und jetzt zur Weinprobe?«

»Nach Ihnen, Mrs. Thompson.« Er legte ihr seine Hand auf den Rücken zwischen die Schulterblätter, was ihr einen wohligen Schauer über den Nacken jagte.

Im Weinkeller zündete er zwei Kerzen an, die auf eisernen Haltern zwischen den Fässern standen. Dann knipste er die Taschenlampe aus. Das Licht der kleinen Flammen tanzte über die weiß gekalkten Wände. Es war hier unten deutlich kühler als eben noch in der Scheune, doch Cora spürte die Temperatur nur oberflächlich.

»Madame.« Er reichte ihr ein Glas. »Wir fangen mit einem zehnjährigen Mischwein an.« Er ging zu einem Fass und nahm von oben durch eine Öffnung mit einer Art Schöpfkelle etwas Wein ab. »Dies ist eine Mischung aus Cabernet Sauvignon, Merlot, Petit Verdot und Cabernet Franc.«

Alleine wie er die Rebsorten aussprach, ließ Cora schon schaudern. Egal, wie draufgängerisch Pascal vielleicht sonst im Leben sein mochte, Wein war seine Passion, dies spürte man hier unten zwischen den ganzen Fässern. Und als Frau wünschte man sich sofort, er würde einmal so viel Leidenschaft zu anderen Gelegenheiten in seine Stimme legen.

Langsam goss Pascal den tiefroten Wein in Coras Glas.

»Und nicht vergessen, der Wein muss erst ein bisschen atmen. Das Betrachten sparen wir uns heute, aber genießen, nicht stürzen.«

Er goss sich ebenfalls ein Glas ein und hob es in Coras Richtung. Erst als er selbst das Glas zum Mund führte, tat Cora es ihm nach. Der Wein schmeckte süß und rund, etwas nach Beeren und auch etwas erdig. Sie wunderte sich selbst über diese Gedanken, hatte sie doch sonst Wein eigentlich nur in bitter und weniger bitter unterteilen können. Wahrscheinlich färbte diese ganze Umgebung hier schon auf sie ab.

»Und?«

»Fruchtig, rund mit einer Erdnote.«

»Oh, Chapeau, Madame.« Er nickte ihr anerkennend zu.

Sie gingen langsam von Fass zu Fass und von Jahrgang zu Jahrgang. Cora spürte, wie der Alkohol sich in ihrem

Körper ausbreitete, ohne dass sie aber diesen unsäglichen alkoholbedingten Kontrollverlust bekam. Sie wurde etwas lockerer und lachte mehr, ihr war warm, aber nicht heiß, und in ihrem Kopf schien alles irgendwie erweitert, anstatt dass es sich drehte. Ob das ein Qualitätsmerkmal von gutem Wein war? Irgendwann machte sich aber der Alkohol dann doch bemerkbar, und sie wackelte mit dem Glas, als Pascal ihr gerade wieder nachgeschenkt hatte.

»Oh …«

»Moment.« Er stellte sein Glas beiseite und griff nach ihrer Hand, über die der Wein gerade lief. Dann führte er ihre Hand zu seinem Mund. »Madame, das ist ein 78er, der ist zu schade zum Verschütten.« Er küsste ihren Handrücken. Coras Körper reagierte mit einer unbändigen Hitzewelle. Unwillkürlich musste sie leise stöhnen. Langsam hob er sein Gesicht zu ihrem und hielt inne. Seine Stimme war nur noch ein Flüstern. »Probier!« Es dauerte gefühlt Lichtjahre, bis sich ihre Lippen trafen. Dieser Augenblick, der noch ohne Berührung war, man aber schon die Spannung des anderen spürte, kosteten sie voll aus. Cora spürte als Erstes die Wärme seiner Lippen und schmeckte dann den samtigen Wein. Dies alles mischte sich mit seinem Geruch und seinem Herzschlag, den sie spürte, als er sich sanft an sie drängte. Ihr letzter Blick viel auf das tanzende Licht der Flammen, dann schloss sie die Augen und gab sich den vielen tausend tanzenden Sternen hin, die seine Berührungen in ihr auslösten.

20

Nein, sie würde ihr Bett heute nicht verlassen. Gerade hatte ihr Telefon sie leise wach gepiept. Irgendwie hatte sie es gestern Abend noch geschafft, den Wecker anzuschalten. Aber sie wollte nicht aufstehen. Hier unter der Decke bebte noch das nach, was sie gestern im Weinkeller erlebt hatte. Würde sie jetzt aufstehen, wäre es verloren. Sie roch noch den Wein, den Schweiß, spürte das harte Holz des Fasses, an das Pascal sie gedrückt hatte, spürte noch seine fordernden Hände auf ihrem Körper.

Dusche! Sie brauchte schnell eine kalte Dusche, sonst würde sie hier auf immer und ewig im Rausch dieser Erinnerung liegen bleiben. Sie schlug sich die Hände vors Gesicht. Hatte sie das wirklich getan? Sie kannte ihn doch erst ein paar Tage. Na ja gut, London mit eingerechnet schon länger, aber ... Sie quietschte leise.

Ihr Telefon gab noch einmal warnend ein Piepen von sich. Es war zwanzig nach acht. Wenn sie um neun unten an der Straße stehen wollte, musste sie sich jetzt beeilen. Der Urlaub schien richtig stressig zu werden.

Sie duschte in Windeseile und versuchte, nicht allzu zerzaust auszuschauen. Im Spiegel sah sie ihre erröteten

Wangen. Waren das Nebenwirkungen vom Alkohol oder vom … Sex. Sie musste prusten. Vorsichtshalber schnappte sie sich einen dünnen Pullover und nahm in der Küche einen schnellen Kaffee.

»So in Hektik heute?«, fragte Valeska verwundert.

Cora lachte. »Ich will ja nun die letzten Tage noch ein bisschen was erleben. Wartet heute nicht auf mich.« Dann verabschiedete sie sich eilig und war schon aus dem Haus.

Auf dem Hof war es bereits warm. Es wurde Tag für Tag heißer. Ein Ausflug zum Meer würde sie sicher abkühlen – und das hoffentlich auf ganzer Linie. Als sie die Straße hinunterlief, schaute sie noch einmal über die Schulter zurück. Pascal war gottlob nirgends zu sehen. Sie hatten gestern nicht mehr viel geredet. Ihre Körper hatten ihre ganz eigene Sprache gefunden. Wortlos hatte er sie spät in der Nacht vor ihrer Zimmertür verabschiedet. Der Alkohol des Weins war längst verflogen, aber die Hitze der Nacht hatte noch bis in den Schlaf in Cora nachgeglommen.

An der Straßenecke wartete ein roter Kombi. Cora klopfte an die Scheibe, und Franco öffnete von innen die Tür. »Madame hat ein Taxi bestellt?«

»Ja, einmal zum Leuchtturm bitte.« Sie stieg ein. Er strahlte sie an. »Freut mich, dass es klappt.«

»Na, ich kann Sie hier doch nicht umsonst warten lassen.«

In dem Auto stieg Cora ein wohlbekannter Duft in die Nase.

»Hier riecht es nach Pferd.«

»Oh«, er machte ein betroffenes Gesicht, »ich hoffe, das stört Sie nicht.«

»Nein, nein, ich mag Pferde. Ich hab es nur so lange schon nicht mehr gerochen.«

»Das ist aber schade, ich meine, wie kann man denn ohne?« Er warf den Motor an und fuhr los.

»Ja, das frage ich mich in letzter Zeit auch öfter.«

»England ist doch eigentlich ein Pferdeland. Selbst die Queen klettert doch in ihrem Alter immer noch auf ein Pony.«

»Ja, das tut sie. Und da sind wir Engländer auch reichlich stolz drauf.« Cora musste schlucken. War es der alte geliebte Geruch, der sie gerade so sentimental werden ließ, oder waren ihre Hormone nun endgültig verglüht?

Er nahm seinen Blick kurz von der Straße und sah sie verständnisvoll an. »Also ich könnte nicht ohne Pferde.«

»Ich wohne nur leider in London. Da gibt es lediglich einige Droschkenpferde und ein paar überteuerte Reitschulen.«

»Also wenn Sie möchten, können Sie mich gerne mal drüben im Stall besuchen kommen.«

Cora lachte auf. »Das ist wohl keine so gute Idee.«

Franco zuckte mit den Schultern. »Ich kann ja aufpassen, dass gerade keiner da ist. Zu den Pferden verirren sich die Chevaliers oder die Mergots nur selten. Das war die Passion des alten Chevaliers, doch der ist schon lange tot.«

»Sie haben ihn aber noch gekannt?«

Franco bog auf die Straße ab, die sie auch mit Pascal nach Soulac gefahren war.

Er hustete. »Ja, da habe ich dort gerade als Pferdepfleger angefangen. Dann hatte er einen Unfall. Schlimme Sache damals.«

Cora lehnte sich zurück und legte den Arm auf die Kante des Autofensters. »Wer führt denn nun dieses Château de Mérival, dieser Mergot, die Madame oder der Sohn? Das habe ich noch nicht so ganz verstanden.«

Franco lachte. »Ja, das haben die wohl selbst noch nicht so ganz verstanden. Also eigentlich führt der Sohn Robert das Château de Mérival.«

»Der große Unbekannte.« Cora zuckte mit den Schultern. »Ich hab den jedenfalls in der ganzen Woche noch nicht gesehen.«

»Der muss wohl viel arbeiten. Na ja, und Monsieur Mergot hat mit der Mutter von Robert Chevalier und seiner Tochter diesen Plan mit der Ferienanlage eingebracht.« Seine Stimme wurde etwas sarkastisch. »Besser gesagt, der Luxus-Ferien-Villen. Ist ja schon etwas mehr als einfache Ferienhäuschen, was die da bauen wollen.«

»Aber das verschandelt dann doch die ganze Gegend, oder?« Cora hatte kein Problem damit, es Franco gegenüber ehrlich auszusprechen. Er schien von den ganzen Plänen dort auch nicht sehr angetan.

»Ja, vor allem meine Pferdekoppeln«, knurrte er jetzt auch als Bestätigung.

»Und warum wollen die unbedingt das Land von der Domaine Levall aufkaufen?«

Jetzt lachte Franco spöttisch auf. »Das war wohl die Idee von Robert. Er sagte zu Mergot, er brauche zusätzliches Land für den Weinanbau, weil einige Flächen ja dem Bauprojekt zum Opfer fallen. Mergot hat dann kurzerhand beschlossen, die Domaine Levall aufzukaufen. Erst mal hätte er so genug Land für die Ferienhäuser und den Wein, und außerdem hatte er jetzt noch die tolle Idee, da oben alles abzureißen und ein Haus für seine Tochter und Robert zu bauen.«

Cora drehte sich ruckartig zu ihm um. Sie traute ihren Ohren kaum. »Was? Die wollen da alles abreißen?«

Franco blickte mit gequältem Gesicht auf die Straße und zuckte mit den Schultern. »Ja, so ist es wohl.« Dann lächelte er sie kurz an. »Aber das haben Sie und die anderen neuen Landbesitzer ja jetzt erst mal verhindert, da sie nicht sofort verkaufen wollen. Glauben Sie mir, das ärgert Mergot gewaltig.«

»Also wenn das so geplant ist, werden wir eventuell gar nicht verkaufen. Das muss doch verhindert werden.«

»Die haben Maxime Levall wohl aber auch schon ein gutes Angebot gemacht. Also ich würde es ihm nicht verübeln, wenn er es annimmt. Ist wohl 'ne Menge Geld, und wie man hört, hat er Schulden.«

Cora schaute betrübt aus dem Seitenfenster. »Mag sein, das weiß ich nicht. Aber Mr. Davington wollte Monsieur Levall helfen und das Ganze wohl noch einmal prüfen.«

»Ach, will er das?« Franco schaute kurz zu ihr hinüber.

»Das wissen Sie jetzt aber nicht von mir!«

»Ich erzähle so was doch niemandem auf dem Château.« Er nahm eine Hand vom Steuer und kreuzte die Finger zum Schwur. »Im Gegenteil, ich wäre froh, wenn sich eine andere Lösung findet.«

»Alles nicht so einfach, hm?«

»Nein, das ist es wirklich nicht.« Beide schwiegen einen Moment nachdenklich. Dann räusperte sich Franco. »Lassen Sie uns den Tag nicht bei solch traurigen Themen verbringen. Sie haben Urlaub, und ich habe auch frei.«

»Ja, einverstanden. Und da wir gerade dabei sind, den ganzen Tag miteinander zu verbringen – sag Cora zu mir.« Sie streckte ihm die Hand hinüber.

Er nahm sie und drückte sie sanft. »Und du Franco.«

21

Robert fühlte sich schlecht und gut zugleich. Cora so anzulügen tat ihm unendlich leid. Gleichzeitig fühlte er sich aber auch seltsam befreit und zufrieden. Es war der erste Tag seit langem, an dem er nicht über all die Differenzen auf dem Château nachdenken musste. Und als neutrale Person darüber zu sprechen war irgendwie einfacher, als würde er sein eigenes Leben aus der Ferne betrachten. Er wollte Cora auch nicht ausspionieren, doch die Information, dass sich womöglich hinterrücks etwas auf der Domaine bei den Levalls tat, war durchaus ein kleiner Lichtblick. Wenn er sich schon nicht gegen Mergot zur Wehr setzen konnte, dann vielleicht Maxime. Unter Umständen würden die Karten noch einmal ganz neu gemischt. Es verschaffte ihm zumindest eine gewisse Genugtuung, dass Mergot nun Gegner hatte. Dass jemand ihm gewachsen war, das bezweifelte er noch, aber in der Gesamtheit vielleicht?

»Wo fahren wir denn genau hin?«, riss Cora ihn aus seinen Gedanken. Sie hatten Soulac bereits hinter sich gelassen, und die Straße führte nun in einem weiten Bogen zur Flussseite der Halbinsel.

»Wir kommen gleich durch Le Verdon-sur-Mer und fahren dann bis hoch zur Landspitze. Da gibt es einen kleinen Hafen, von wo aus das Schiff zum Leuchtturm abfährt.

»Und wo liegt dieser Leuchtturm?« Sie zog unsicher die Augenbrauen hoch.

»Gut acht Kilometer weit draußen, so ziemlich in der Mitte zwischen unserem Ufer und der Stadt Royan auf der anderen Seite.«

»Warum liegt der mitten im Meer?«

»Wahrscheinlich, weil die Schiffe früher sonst die Einfahrt in die Gironde verpasst hätten.« Er lachte. »Und zack waren sie womöglich in England.«

»Solange wir nicht ausversehen sonst wo landen.«

»Du hast wirklich Angst vor dem Schiff?«

»Sagen wir mal so, auf dem Land fühle ich mich noch am wohlsten.«

»Hm. Da ich dich jetzt quasi zwinge, auf dieses Schiff zu steigen, denn den Leuchtturm muss man wirklich gesehen haben, entschuldige ich mich heute Abend mit einem Essen. Wäre das okay?«

»Na, das werde ich mal so annehmen. Ich kann aber nicht versprechen, dass ich nach so einer Schiffstour heute Abend noch eine angenehme Gesellschaft bin.«

»Es ist wirklich nicht schlimm. Ich bin schon oft da draußen gewesen.«

»Warum warst du schon oft da draußen?«

»Das wirst du hoffentlich merken.«

Robert musste sich auf die Lippen beißen. Er war früher oft mit seinem Vater dort hinausgefahren, allerdings mit ihrem eigenen Boot. Es war einer der Orte, wo er seinen Vater immer ganz für sich allein gehabt hatte, weil der Rest der Familie nicht in ein Boot stieg. Und in jüngster Zeit war er einige Male alleine dort gewesen, zum einen wegen der Erinnerung, zum anderen, weil Isabel dort nie mit hinfahren und auch nicht den Zauber dieses besonderen Ortes spüren würde. Vielleicht tat es Cora. Er hoffte es so. Seit gestern ging ihm die junge Engländerin nicht mehr aus dem Kopf. Er umfasste das Lenkrad fester.

Die letzte kleine Ortschaft auf der Halbinsel namens Pointe de Grave hatte einen kleinen Hafen, von dem die Fähre nach Royan ablegte. Ein großes Schiff, auf dem viele Autos Platz hatten, und eine beliebte Abkürzung über den Fluss. Man kam so am schnellsten vom Département Gironde hinüber in das Département Charente-Maritime, ebenfalls ein gutes Weinanbaugebiet, wenn auch etwas rauher als die sanft geschützten Niederungen hinter dem Küstenstreifen des Médoc. Robert hatte hier schon oft übergesetzt.

Heute ging es aber nicht zu der großen Fähre, sondern zu einem kleineren Schiff im Yachthafen. Mit der La Bohème II konnten Touristen ganz bequem zum Phare de Cordouan übersetzen. Dass die Fahrt allerdings gut drei Stunden dauerte, verriet er Cora lieber nicht.

Robert parkte das Auto auf einem der Parkplätze am Hafen. Er musste selbst schmunzeln, als er aus dem roten, etwas rostigen Kombi stieg, der innen nach Pferd duftete und in dessen Heckklappe noch ein paar Heuhalme klemmten. Franco hatte ihn zwar angesehen, als wäre er jetzt total verrückt geworden, hatte ihm aber ohne viel Fragerei den Autoschlüssel gegeben. Einen Tag lang mit Roberts großem klimatisiertem Geländewagen herumzufahren war Anreiz genug, nicht neugierig zu sein. Nur durfte Cora nicht eines Tages auf dem Hof des Château de Mérival auftauchen und nach dem Gärtner fragen. Ein unangenehmes Stechen durchfuhr Roberts Magen. Das würde nicht lange gutgehen. Doch wie sollte er ihr jetzt sagen, wer er wirklich war? Nein, den heutigen Tag würde er auf jeden Fall mit ihr als Franco verbringen. Und dann würde er weitersehen. Vielleicht ... vielleicht verstanden sie sich ja auch gar nicht so gut, wie er sich insgeheim erhoffte, und dann wäre sie in ein paar Tagen wieder in England, und alles wäre beim Alten. Was ihm allerdings auch nicht sonderlich gefallen würde. Beide Wege waren mit viel Unbill verbunden, so viel war ihm schon klar.

»Da ist das Schiff.« Er deutete auf die La Bohème II.

»Okay.« Obwohl es schon recht warm war, hatte Cora die Arme um ihren Oberkörper gelegt. Robert widerstand dem Wunsch, ihr seinen Arm um die Schultern zu legen. Stattdessen nickte er ihr aufmunternd zu. Sie schien ihre Angst im Griff zu haben. Kurz bevor sie den Steg zum Schiff betraten, löste sich ihr angespannter Gesichtsausdruck etwas. Neugierig beschaute sie sich die vielen kleinen Yachten, die im Hafen vertäut lagen. »Schippern die hier nur auf dem Fluss rum, oder kann man mit den Booten auch auf die See?«

»Die da?« Robert folgte ihrem Blick. »Das sind vollwer-
tige Segler, damit kannst du bis nach England, Schweden,
Island oder Amerika, wenn du willst.«

»O Gott nein, in so einer Nussschale bis nach Amerika?«
Er schmunzelte. »Ja, das machen viele. So wie die älteren
Herrschaften bei euch auf der Domaine jetzt mit dem
Wohnmobil, nehmen sich andere halt ein Schiff.«

Cora legte den Kopf schief. »Na, ich weiß nicht, ob ich
im Rentenalter noch so abenteuerlustig bin.«

Robert zuckte amüsiert mit den Schultern. »Manche
werden es ja auch erst dann.«

Wenig später waren sie auf See. Es waren nicht viele Passagiere an Bord, noch war es keine Hochsaison. Das Meer
war flach und der Wind lau, der ideale Tag für diesen Ausflug. Es konnte hier auch ganz anders zugehen, aber auch
das verriet Robert Cora nicht.

Sie saßen an Deck, das Gesicht der Sonne zugewandt, und
redeten. Robert konnte sich nicht erinnern, wann er sich
das letzte Mal über so einfache Themen wie Möwen, Spa-
ghetti und Wolken unterhalten hatte. Wie sie von einem
Thema zum anderen gekommen waren, wusste er später gar
nicht mehr so genau. Es war so herrlich unkompliziert mit
Cora, die sich nach den ersten zwanzig Minuten auch ganz
schnell an das Schiff gewöhnt hatte. Die Überfahrt verging
wie im Flug, und als das Schiff die steinerne Landungsmauer
des Leuchtturms ansteuerte, stutzten sie beide.

219

Der Phare de Cordouan überragte sie wie ein steinerner Wächter. Robert war immer wieder aufs Neue von diesem Bauwerk beeindruckt. Und auch Cora blickte sprachlos die hellen Mauern hinauf.

Wie jedes Mal, wenn hier ein Schiff anlegte, kam der Leuchtturmwärter heraus und begrüßte die Ankömmlinge.

»Hier lebt noch jemand?«, fragte Cora verblüfft, als sie die Stufen zum Eingangsportal emporstiegen.

»Ja, und ich finde, es ist ein toller Job.« Robert nickte dem Mann zu, der nun die ersten Gäste in den Turm führte.

Cora lachte. »Bisschen einsam vielleicht.«

Sie verfolgte aufmerksam und mit echtem Interesse die Führung. Robert beobachtete sie unauffällig. Was hatte Mergot noch gesagt, als was sie gearbeitet hatte? Als Redakteurin bei einer Zeitung? Er hatte es vermieden zu fragen. Zum einen wusste er ja um den Umstand, dass sie ihren Job erst vor kurzem verloren hatte, zum anderen war er sehr verärgert über Mergots Methoden gewesen. Sich Informationen zu beschaffen, die allgemeinhin zugänglich waren, war das eine, sich aber Details aus dem Leben fremder Menschen zu erkaufen war das andere. Mergot hatte eine seiner Mitarbeiterinnen darangesetzt, und die hatte von Coras Exchef bis hin zum Exfreund alle ausfindig gemacht und unter fadenscheinigen Vorwänden mit ihnen über Cora gesprochen. Auch die Davingtons hatte er gründlich durchleuchtet und dabei einiges herausgefunden, was wohl besser niemand erfahren sollte. Das alles wollte Robert gar nicht wissen. Es war schon schlimm genug, dass ihm mehr über Cora bekannt war, als sie ahnte, und sie auch noch glaubte zu wissen, wer er sei. Robert überfiel ein kurzer Schwindel, was aber auch daran liegen konnte, dass sie unablässig in dem Turm emporstiegen. Wie ein Schneckenhaus wand sich eine uralte Treppe über die Etagen empor. Nach der Eingangshalle, wo der Turm noch recht breit war, folgte eine kleine Kapelle.

Cora sah sich um. »Prima für eine Hochzeit, braucht man nur wenige Gäste einzuladen.«

Robert nickte nur. Genau diese Gedanken kamen ihm auch immer, wenn er diese Etage durchquerte, zumal er Isabel wohl nie dazu bewegt hätte, hier zu heiraten.

Es ging immer weiter nach oben. Es gab diverse Zimmer und Kammern, nur nicht wie in einem Haus nebeneinander, sondern alle übereinander. Die vorletzte Etage war das Wohn- und Schlafzimmer des Leuchtturmwärters. Cora schien es etwas unangenehm, durch dessen Privaträume laufen zu müssen. Noch eine Treppe, und sie waren in der Spitze des Turms. Die überdimensionale Spiegellampe stand am Tag still. Man würde auch wohl erblinden, wenn man aus dieser Nähe direkt in sie hineinsah. Die Aussicht war beeindruckend. Zur Seeseite gab es nur den unendlichen Horizont, zur Seite der Gironde konnte man noch die Küstenlinie erahnen.

Cora blickte andächtig eine ganze Weile in die Ferne. Robert stand schweigend neben ihr.

Nach der Besichtigung hatten die Passagiere noch ein wenig Zeit, sich auf der großen Plattform am Fuße des Turms zu erholen. Robert führte Cora zur Seeseite und setzte sich mit ihr auf eine der steinernen Stufen.

»Und, hat es sich gelohnt?«

Ohne den Blick aus der Ferne zu nehmen, nickte sie. »Danke, dass du mich hergebracht hast. Das ist irgendwie ein ganz besonderer Ort. Man … man fühlt sich plötzlich so befreit von allem.«

Er konnte nicht anders, er nahm ganz zaghaft ihre linke Hand in seine rechte und drückte sie leicht. »Ja, das finde ich auch.« Sie erwiderte seinen Händedruck. Robert hüpfte das Herz vor Freude, aber zugleich ließ er ihre Hand auch wieder los. Er wollte nicht aufdringlich wirken.

22

Auf der Rückfahrt ließ Cora sich von dem sanften See-gang hin- und herschaukeln. Es war wirklich nicht schlimm, und sie war froh, dass sie Franco vertraut hatte.

Er saß neben ihr, das Gesicht im Wind und die Augen geschlossen, als müsste er sich erholen. Vielleicht war sein Job auf dem Château doch sehr anstrengend? Bisher hatte es sich ja eher nach einer Tätigkeit angehört, die ihm viel Freude bereitete. Es war ja auch ein Glück, wenn man sei-ne Leidenschaften zum Beruf machen konnte. Der Dorn stach Cora kurz und schmerzvoll. Sie wusste immer noch nicht, was sie machen sollte, wenn sie wieder zu Hause war. Irgendwie hatte sie gehofft, dass ihr die Tage in Frankreich vielleicht einen Einfall bringen würden. Es war wohl zu vermessen, zu denken, dass einen bei so einem Urlaub dann auch noch die Erleuchtung seines Lebens einholte. Viel-mehr hatte sie zwei Männer eingeholt, die sie beide auf ihre Art mochte. Pascal war eher forsch und unbedarft, Franco ein stiller, eher nachdenklicher Typ, der sehr genau abzu-wägen schien, was er sagte. So ganz sicher war sie sich sei-ner Person noch nicht. Er war sicherlich viel komplizierter gestrickt als Pascal, aber das war auch der Grund, warum sie es interessanter fand, ihn zu ergründen. Es machte Spaß, mit ihm zu reden, egal, worüber. Er machte einen toleranten Eindruck und schien trotzdem seine eigenen Prinzipien zu haben. So einen Mann wirklich kennenzulernen bedurfte wohl eher Wochen bis Monate als nur wenige Tage. Dafür hatte sie mit Pascal in der letzten Nacht den besten und kurzfristigsten Sex gehabt, an den sie sich erinnern konnte. Unter normalen Umständen wäre sie ja nicht so … so … Ihr fehlte sogar das Wort dafür. Zügellos gewesen? Und dann unternahm sie auch gleich am nächsten Tag mit dem zweiten Mann etwas. In England wäre ihr das viel zu heikel gewesen. Aber hier … Cora bedauerte ganz kurz, dass sie in knapp einer Woche wieder in den Flieger steigen musste. Leider würde sie beide Männer zurücklassen müssen. Das hier war nicht ihr Leben, das war nur eine kurze Flucht aus ihrem Alltag, der sie bald mit voller Wucht wieder erwischen würde. Sie seufzte, wohl ein bisschen zu laut.

Franco öffnete die Augen und sah sie prüfend an. »Doch der Seegang?«

»Nein, nein, alles okay. Ich fand es nur gerade wirklich schön hier. Leider wird mein Urlaub aber nächste Woche zu Ende sein.«

Er lehnte sich wieder zurück, blickte aber in den Himmel. »Das ist sehr schade, ja.«

Sie waren den ganzen Tag unterwegs gewesen. Von Verdon aus steuerte Franco auf der Flussseite des Médoc das kleine

Dorf Talais an. Dort kehrten sie in einem lauschigen Bistro ein. Draußen auf den Straßen gingen schwache Laternen an. In den Häusern brannte hier und da Licht, und in dem leicht wolkenverhangenen Himmel hielten sich noch einige rot schimmernde Wolken am Sonnenuntergang fest. Unwillkürlich musste Cora den Vergleich zu London ziehen. Wenn man dort nicht in irgendeinem Penthouse saß, bekam man Sonnenaufgang und Sonnenuntergang kaum mit. Sie aßen kleine französische Leckereien, keine Schnecken und Froschschenkel, wie Cora scherzhaft bemerkt hatte.

»Wir können auch Normales bieten«, hatte Franco grinsend erwidert und ihr einige Speisen von der Karte empfohlen.

Es war schon spät am Abend, als Franco Cora wieder an der Zufahrt zur Domaine aussteigen ließ. »Ist es wirklich okay, wenn ich dich hier gehen lasse?«

»Besser wie wenn Maxime oder Pascal dich sehen und vom Hof jagen. Ich schaff das Stück schon. So viele Unholde werden hier ja wohl nicht rumlaufen. Vielen Dank für den schönen Tag.«

»Bitte. Ich … ich hoffe, wir sehen uns noch einmal. Vielleicht … bei den Pferden?«

Cora überlegte kurz. Eigentlich war sie nicht darauf erpicht, das Grundstück des Château de Mérival noch mal zu betreten. Andererseits war sein Angebot sehr reizvoll. Wenn sie schon so viele Unmöglichkeiten in diesem Urlaub vollbrachte, warum nicht auch ein heimlicher Besuch in einem fremden Pferdestall?

»Ich geb dir meine Nummer, dann kannst du dich ja melden, wenn bei dir auf der Arbeit mal die Luft rein ist.«

»Gerne.«

Cora konnte seiner Stimme anhören, dass er sich ehrlich freute.

Schnell waren die Telefone gezückt und die Nummern ausgetauscht.

»Ich melde mich, versprochen!«

»Ich freu mich drauf.«

Die Nacht war lau, und die Grillen begleiteten Cora zirpend auf ihrem Weg hoch zur Domaine. Hier und da raschelte es im Gebüsch, doch das konnte Cora nicht erschrecken. Dunkle Häuserfluchten in der Stadt bereiteten ihr mehr Angst. Während sie so durch die Dunkelheit lief und die frische Nachtluft einatmete, kam ihr der Gedanke, wieder weiter aufs Land zu ziehen. Vielleicht hätte sie da bessere Berufschancen. Vielleicht sollte sie sogar nach Frankreich gehen? Sie musste selbst über diese Idee lachen. Aber es lag ja im Bereich des Möglichen, dass ihr der Umstand, dass sie hier jetzt sozusagen ein Grundstück besaß, von Vorteil wäre. Nein, sie schüttelte den Kopf. Womöglich kam sie dann noch in die Bedrängnis, sich wirklich weiterhin mit Pascal und Franco auseinanderzusetzen. Sie mochte beide wirklich gern, aber daran, dass sich da irgendetwas weiter fortführen ließ, daran hatte sie noch gar nicht gedacht. Und das lohnte sich wohl auch nicht. Ab morgen lief die Zeit gegen sie, und sie konnte die Tage bis zur Heimreise abzählen.

Als sie jetzt auf den Hof der Domaine einbog, wo noch ein kleines Außenlicht den Weg zur Haustür anzeigte, wurde ihr das Herz ein bisschen schwer. Kurz überkam sie ein Schaudern bei dem Gedanken, dass dort neben der Scheune der Eingang zum Weinkeller lag. Sie würde nie wieder Rotwein trinken können, ohne an Pascals fordernde Griffe zu denken.

23

»Wo warst du denn gestern den ganzen Tag?« Pascal baute sich am nächsten Morgen regelrecht vor ihr auf, als sie zum Frühstück kam.

»Ich habe diese Ausflugstour zu dem Leuchtturm im Meer gemacht.« Sie zuckte mit den Schultern und schob sich an ihm vorbei.

»Allein?«

Seine Stimme hatte einen Ton, der ihr nicht gefiel. »Ja, allein«, gab sie daher etwas knapp zurück.

»Und wie bist du da hingekommen?«

»Wird das eine Befragung?«

»Mein ja nur«, sagte er und schenkte sich noch einen Kaffee ein.

»Ich bin mit dem Bus gefahren. Als ich gestern mit Valeska in Saint-Vivien war, habe ich eine Werbung über diese Schiffstour gesehen und nachgeschaut, wann der Bus da hochfährt. Ich brauchte mal einen Tag für mich.« Dass sie mit dem letzten Satz auf ihr Liebesspiel im Weinkeller abzielte, verfehlte seine Wirkung nicht bei ihm. Er sah schnell in seine Kaffeetasse.

Valeska schien ihr Ausflug aber auch merkwürdig vorzukommen. Sie brachte Cora ihren Kaffee an den Tisch und bedachte sie mit einem kurzen abschätzenden Blick.

Maxime, der das Gespräch verfolgt hatte, zog die Augenbrauen hoch. »Das Mädchen kommt aus London, da kann sie wohl alleine mit dem Bus bis nach Verdon fahren.«

Valeska versuchte, die Spannung ein wenig aus dem Raum zu nehmen. »Und was hast du heute vor?«

Cora dachte einen Augenblick nach. »Ich glaube, erst mal nichts. Urlaub sozusagen.«

⟪⟪⟪⟪⟪

Herumsitzen war aber auch nicht so einfach, wie Cora es sich gedacht hatte. Zunächst versuchte sie es auf der Terrasse an ihrem Zimmer. Doch dort trieb der kleine laute Vogel wieder sein Unwesen. Dann versuchte sie es auf der Terrasse vor der Küche, doch Valeska klapperte vehement und durchgehend herum, dass Cora schnell ein schlechtes Gewissen bekam. Entweder aufstehen und Hilfe anbieten oder woanders hingehen. Sie beschloss, einen kleinen Spaziergang zu machen. So langsam kam sie ja ins Training, denn so viel gelaufen wie in der vergangenen Woche war sie schon seit langer Zeit nicht mehr.

Gemächlich schlenderte sie in die Weinstöcke. Die ersten kleinen Trauben hingen an den Reben, aber es würde noch den ganzen Sommer dauern, bis sie groß waren und genug Saft trugen. Schade eigentlich, dass sie das nicht mitverfolgen konnte. Ihre Laune war heute nicht sehr gut. Sie steuerte ihr kleines Stück Frankreich an. Von weitem sah sie die Davingtons vor ihrem Wohnmobil sitzen. Das Pärchen pflegte sein Frühstück zumeist allein zu sich zu nehmen. Cora verzog kurz das Gesicht, als sie bemerkte, dass die beiden es genau in dem Aufzug taten, wie sie es anscheinend privat bevorzugten. Bitte nicht aufstehen und winken. Doch es war zu spät. Mr. Davington hatte sie bereits erspäht und tat nun genau dieses, das englische Fähnchen im Wind. Cora sah verlegen irgendwo anders hin, winkte aber artig zurück. Dabei fiel ihr Blick auf das Château am Fuße des Hügels. Es sah friedlich aus so im Licht der frühen Morgensonne. Das waren Ameisenhaufen aber auch, und wenn man dann versehentlich reintrat, bissen die Tierchen einen. Ob wohl der Letzte dieser Familie, den sie noch nicht kannte, auch so ein skrupelloser Typ war? Dieser Robert Chevalier? Franco hatte ja eigentlich ganz nett über ihn gesprochen. Aber wenn jemand die Verwaltung seines Anwesens in die Hände eines Mergot gab, da würde wohl nicht viel Nettes zu finden sein. Cora strich nachdenklich über die Blätter einer der Weinreben. Es lag noch etwas Tau darauf, der bei der Berührung herabtropfte. Wie lange diese Pflanze hier wohl schon stand? Und bald würde sie nicht mehr den Levalls oder besser gesagt ihr gehören, sondern zu dem Grundstück des Châteaus wechseln. Andere Hände würden sie düngen und beschneiden, fremde Personen ihre Trauben ernten. Nicht dass Cora bei Pflanzen an ein inniges Verhältnis zu dem Menschen glaubte, aber vielleicht wirkte es sich doch auf das Gewächs aus, wenn sich nach vielen hundert Jahren etwas änderte. Dann würden die Chevaliers wenigstens auch noch eine schlechte Ernte von ihrem ergaunerten Land einfahren.

Ein Pfiff riss Cora aus ihren Gedanken. Sie sah sich um. Das englische Fähnchen winkte ihr wieder. Jetzt musste sie wohl oder übel hingehen. Langsam und mit eher gesenktem Blick stapfte sie den Grasweg zum Wohnmobil empor.

»Guten Morgen, Mrs. Thompson. Möchten Sie einen echten englischen Tee?«

Zaghaft wagte sie aufzusehen. Mrs. Davington hatte sich ein dünnes Tüchlein umgebunden, Mr. Davington hatte eine Zeitung auf seinem Schoß liegen. Cora atmete auf. »Ja, gerne.« Sie hoffte, dass nicht er es war, der den Tee aus dem Wohnmobil holte.

Es war Mrs. Davington, die sich sogleich auf den Weg machte.

»Ich glaube, wir haben gute Nachrichten. Aber ich wollte erst mit Ihnen sprechen, bevor ich es den Levalls mitteile.« Er richtete sich auf seinem Campingstuhl etwas auf, und die Zeitschrift raschelte.

»Hier kommt Ihr Tee.« Mrs. Davington stieg mit einer Tasse in der Hand vorsichtig aus dem Wohnmobil. »Mit Milch? Zucker?«

»Danke, ohne alles.«

Cora war keine typische Teetrinkerin. Im Winter, wenn es kalt war, ja, aber ansonsten zog sie den belebenden Kaffee vor.

Nachdem sich Mrs. Davington wieder gesetzt hatte, fuhr ihr Gatte fort: »Also ich habe gestern mal diesen Anwalt durchleuchtet.«

Hörte sich für Cora auch schon wieder nach unlauteren Mitteln an. Wollte Mr. Davington den Leuten vom Château ebenso kommen, wie sie es bei ihnen getan hatten? Ihr Blick war wohl etwas zu kritisch, denn er winkte sofort beruhigend mit der Hand.

»Also nicht so, ganz offiziell. Fakt ist, dass er zwischen den Stühlen sitzt. Eine der beiden Parteien wird sich wohl einen neuen Anwalt nehmen müssen. Ich schätze, dass die hier auf dem Land immer so kungeln, aber das geht nun mal nicht.« Er nickte gewichtig. »Das ist das Erste. Des Weiteren ist es so, dass mit diesem ganzen Land wirklich Karussell gespielt wird. Die Chevaliers möchten etwas an Monsieur Mergot abgeben, den Bereich, wo die Ferienhäuser entstehen sollen. Dafür bekommen sie natürlich Geld, und das, so munkelt man, brauchen sie wohl auch, denn ganz so gut steht es wohl nicht um das Château.« Er faltete die Hände auf seinem nackten Bauch.

Cora bemühte sich, auf ihre Teetasse zu sehen. Sie war nicht prüde, und überall auf der Welt sah man nackte Haut, aber die eines über sechzigjährigen bärig behaarten Mannes – nicht zum Tee. Dennoch versuchte sie, seinen Worten zu folgen.

»Die verkaufen also an ihn, brauchen dann aber selbst wieder Land, um zum einen den Status ihres landwirtschaftlichen Weinanbaus zu behalten, und zum anderen, um gewisse Ausgleichsflächen für die Neubauten zu schaffen. Das ist, glaube ich, in allen Ländern so. Nun ja, da auf der anderen Seite ihres Landes der Wald angrenzt und sie damit nichts machen können, weil es Naturschutzgebiet ist, müssen sie Land von der Domaine Levall haben, genaugenommen die anderthalb Hektar, die Pascal an uns verlost hat. So weit also erst mal gar nicht so dumm von Pascal.« Mr. Davington beugte sich jetzt etwas vor, als sollte das Folgende wirklich nur in ihrem Kreis bleiben. »Dass dieser Mergot dann ein Angebot für die ganze Domaine abgegeben hat – nun, er könnte es sich wohl leisten, aber ... Ha, und da liebe ich dieses Getratsche auf dem Land. Das ist hier nicht anders als bei uns. Man erzählt sich hinter vorgehaltener Hand, dass die Dame des Hauses da auch ganz erpicht drauf war. Sie hat wohl schon seit Jahrzehnten ihren Nachbarn Maxime Levall als Ziel. Früher hat ihr Mann da wohl immer die Hand drübergehabt und für Ruhe gesorgt, aber seit dieser tot ist ... Und ihr Sohn, der versucht, sich da rauszuhalten, soll aber bald die Tochter von Mergot heiraten.«

Meine Güte, Mr. Davington musste ja gestern den ganzen Tag mit Dorftratsch verbracht haben. »Und was heißt das jetzt genau für uns?« Cora hatte noch nicht ganz verstanden, worauf er hinauswollte.

»Da dreht sich dann das Ganze rückwärts. Maxime Levall müsste nicht verkaufen, wenn seine Bank ihm etwas Freiraum geben würde, und wenn wir nicht verkaufen, kann da unten keiner was bauen. Kurzum, solange dieses Tauziehen besteht, würde wohl auch erst mal nichts passieren.«

»Das heißt, Maxime Levall könnte die Domaine erst mal behalten?«

Mr. Davington nickte. »Aber«, und nun hob er einen

Finger, »Monsieur Levall braucht sein ganzes Land. Das heißt, wir müssten ihm unseres weiterhin zur Bewirtschaftung lassen, damit seine Betriebsgröße rentabel bleibt. Tja, und hier frage ich dann Sie, Mrs. Thompson. Möchten Sie lieber das Geld von Mergot mit nach England nehmen oder den Levalls noch etwas Bestand sichern?«

Wenn es so war, wie er gerade erklärt hatte … Cora dachte an Maxime und dessen sorgenvolles Gesicht. »Unter diesen Umständen gebe ich das Land gerne erst mal wieder an die Levalls.«

»Gut, dann werde ich das alles nachher mit Monsieur Levall besprechen. Das wäre doch gelacht, wenn wir ihm nicht helfen könnten, diesen lästigen Nachbarn etwas auf Eis zu legen.« Mr. Davington lachte herzhaft, wobei die Zeitung auf seinem Schoß bedrohlich wippte.

24

Cora hörte am Nachmittag, wie die Männer im Küchenbereich lamentierten. Letztendlich wäre es Maximes Entscheidung, aber sie konnte sich nicht vorstellen, dass er Mergots Geld nahm, auch wenn es sicher eine hohe Summe war.

Sie lag auf ihrem Bett und ließ ihre Gedanken kreisen. Als ihr Telefon klingelte, erschrak sie fast zu Tode. Eine Woche hatte das Ding geschwiegen, was aber auch nur daran lag, dass sie Ivy untersagt hatte, sie zwischendurch anzurufen. Wahrscheinlich war diese schon vor brennender Neugier zusammengeschmolzen. Sie schaute auf das Display. Franco!

»Hallo«, meldete sie sich fast ein bisschen zu leise.

»Hallo, Cora, ich bin es.« Seine Stimme war warm. Cora schauderte ein bisschen. »Ich wollte fragen, ob du morgen früh Lust hättest, rüberzukommen. Es wird mit Sicherheit niemand da sein. Die Mesdames fahren zum Friseur nach Bordeaux, und die Messieurs sind geschäftlich unterwegs.«

Cora wägte kurz ab. Nach dem, was sie heute erfahren hatte ... Wenn sie überhaupt einen Fuß auf das Grundstück des Châteaus setzen konnte, dann jetzt. In wenigen

Tagen würde hier unter den Nachbarn wohl die Hölle los sein. Sicherlich wäre es dann schwerer, Franco noch einmal zu sehen. Sie wollte ihn ja nicht in Gefahr bringen. Wenn jemand herausbekam, dass er mit dem *Feind* Kontakt hatte …

»Ja, gerne. Wann soll ich da sein?«

»Ich denke, so ab acht ist die Luft rein. Oder ist dir das zu früh?«

»Nein, das ist okay.«

»Komm direkt zum Pferdestall, ich bin dann dort. Du musst dich im Park links halten, und dann siehst du das Gebäude schon.«

»Ja, okay. Dann bis morgen.«

»Bis morgen, ich freu mich.«

Cora legte auf, und ihr Herz klopfte, als hätte sie gerade einen Kinderstreich vollbracht. Zufrieden lehnte sie sich zurück in die Kissen.

⤜⤜⤜⤜⤜

Nach dem Abendessen folgte sie Pascal unauffällig auf den Hof. Es war eine zufriedene Stimmung am Tisch gewesen. Mr. Davington hatte das Ruder anscheinend wirklich noch einmal herumgerissen.

Als Pascal sagte, er müsse noch etwas am Trecker reparieren, und aufstand, wartete sie noch einen Augenblick und verabschiedete sich dann auch vom Tisch. Sie ging durch ihr Zimmer über die Terrasse und anschließend um das Haus herum nach vorn auf den Hof. Fast hätte sie erschrocken aufgeschrien, als Pascal sie am Arm packte und in der Nähe des Treckers hinter die Scheune zog. Sofort war er ihr ganz nahe, und sie spürte seinen Atem an ihrem Hals.

»Hey, mein Onkel hat mir alles erzählt. Dann hast du ja wirklich einen Grund, noch mal hierherzukommen.« Er fuhr mit seiner Nasenspitze über ihr Ohr.

Durch Cora jagte eine lustvolle Welle, doch sie stemmte sich gegen ihn. »Ja, vielleicht. Freust du dich, dass dein Plan doch noch aufgeht?«

Sie spürte, wie er lächelte. Seine Hände umfassten ihre Hüften. »Und wie ich mich freue. Geht mehr als auf, mein Plan.«

Sie nahm ihn am Arm. »Nicht hier.«

Er hielt kurz inne, dann raunte er ihr ins Ohr: »Okay, dann komm mit!« Blitzschnell ergriff er ihre Hand und zog sie mit sich. »Noch ein bisschen Abenteuer gefällig, Mrs. Thompson?« Er führte sie auf dem kürzesten Weg in Richtung Wald.

Sie lachte und ließ sich diese Entführung gern gefallen. »Wo willst du denn hin?«

Er grinste frech. »Dahin, wo es hier um die Uhrzeit am schönsten ist.«

Sie liefen durch den Wald. Cora hatte bald die Orientierung verloren. Er umfasste ihre Hand ganz fest, und seine Absichten waren mehr als eindeutig. Cora geriet außer Atem, aber nicht wegen des eiligen Laufens.

Als sie kurze Zeit später eine schmale Straße überquerten und alsbald auf sandigen Boden gelangten, wusste sie, wo er hinwollte. Sie waren wohl einen größeren Umweg gelaufen, denn jetzt gelangten sie schneller zum Strand, als sie vermutet hatte.

Atemlos erreichten sie die letzte Düne. Das Meer war sehr ruhig, und die untergehende Sonne warf einen langen tiefroten Schatten auf das Wasser.

»Komm!« Pascal zog Cora weiter. Am Wasser angelangt, zog er sich das Hemd aus und knöpfte dann die Hose auf. »Wir gehen baden.«

»Baden?« Cora sah sich um, der Strand war menschenleer.

»Na los, das Wasser ist herrlich.« Er war bereits nackt und stand bis zur Hüfte im Wasser.

Cora schaute noch einmal unsicher nach links und nach rechts.

»Ein paar Kilometer weiter ist der größte Freikörpercampingplatz Europas.« Er lachte und warf mit der Hand einen Schwall Wasser zu ihr hin. »Und ich weiß schon, wie du nackig aussiehst.«

Cora verzog das Gesicht, dann streifte sie sich aber ihr Kleid und ihre Unterwäsche ab.

Das Wasser war in der Tat noch sehr warm. Cora ließ sich langsam tiefer hineingleiten. Sie war noch nie nackt im Meer geschwommen. In England würde man dabei wohl auch erfrieren oder sofort verhaftet. Sie musste grinsen.

»Was ist so lustig?« Er schwamm an ihr vorbei. Sie folgte ihm, und beide steuerten eine ganze Weile der untergehenden Sonne entgegen. Als sie wieder in flacheres Wasser kamen, zog er sie auf die Beine und ganz dicht an sich heran. Seine Haut schmeckte nach Salz. Es war inzwischen fast dunkel, und wieder strahlte das Meer dieses magische Leuchten aus. Er nahm sie diesmal langsamer, nicht von Alkohol getragen, sondern von der Lust verführt.

Es war ein seltsames Gefühl für Cora, als sie Stunden später nackt im Licht des Mondes am Strand zu der Stelle zurückliefen, wo ihre Kleidung lag. Der Wind umstrich ihre Körper, trocknete das Wasser und das Salz, was zu einem stetigen Kribbeln führte. Pascal zog sich nur die Hose über und schwang sich sein Shirt über die Schulter. Cora schlüpfte in ihr Kleid und nahm den Rest in die Hand. Gemeinsam gingen sie durch den Wald zurück.

Cora fühlte in sich hinein. Zum zweiten Mal hatte sie etwas getan, woran sie vor drei Wochen noch nicht mal zu träumen gewagt hätte. Also träumen vielleicht schon, aber … Es fühlte sich auch nicht falsch an oder ungehörig, im Gegenteil. Dennoch hing diese unausgesprochene Unverbindlichkeit zwischen ihnen. Die war für sie ungewohnt. Mit einem Mann körperlich zusammen sein, aber ansonsten … nichts? Sie hatte bisher eher konventionelle Beziehungen gehabt, wollte Pascal aber auch nicht darauf ansprechen. In sieben Tagen würde sie wieder im Flieger sitzen. Sie ahnte, dass dies die einzige Verbindlichkeit war, die er sah.

25

Wenn herumschleichen jetzt bei ihr zur Regel wurde, könnte sie auch beim Geheimdienst anfangen. Cora lugte über ein paar Büsche und huschte dann durch den Park des Châteaus. Der Pferdestall war nicht schwer zu finden. Das Gebäude war größer und pompöser als so manches englische Herrenhaus.

Andächtig betrat Cora den Stall durch das große Tor. Ein leises Wiehern begrüßte sie. Am Ende der Stallgasse erklang das Kratzen einer Heugabel. Cora hielt die Luft an.

»Hallo?« Es war Francos Stimme.

Cora trat erleichtert einen Schritt vor. »Hi!«

»Hi, komm rein. Ist wirklich keiner da.« Er stellte die Heugabel beiseite und hob beide Arme zur Begrüßung.

»Schöner Stall«, bemerkte Cora, während sie sich umsah. Die Pferdeboxen waren groß und luftig, alle hatten ein Fenster nach draußen, und das Heu roch wie frisch von der Weide.

»Nur das Beste für die Damen.« Robert tätschelte einem der braunen Pferde liebevoll die Nüstern. Das Tier rieb sich vertrauensvoll an ihm.

Cora wurde ganz warm ums Herz. Wenn man einen

243

Menschen wirklich durchschauen wollte, brauchte man doch nur sehen, wie er mit Tieren umging. Franco war hier im Stall eindeutig beliebt. Ob er auch einen so guten Draht zu Frauen hat? Cora verbot sich ganz schnell diesen Gedanken. Sie hatte immerhin noch Sand von letzter Nacht am Körper, trotz einer ausgiebigen Dusche am Morgen. Dieses Zwei-Männer-nett-Finden wurde langsam komisch. Cora, fünf Tage noch, nicht mal!, flüsterte die leise Stimme in ihrem Kopf.

»Sind das alles Stuten?« Sie versuchte, sich abzulenken, und ließ sich von einem der Tiere beschnüffeln.

»Ja. Wir haben noch zwei Reitpferde und einige Zuchtstuten mit Fohlen.«

»Nur zwei? Reiten die Chevaliers nicht?«

Franco legte den Kopf schief. »Drei. Drüben im Nebengebäude steht noch der Hengst von Madame Isabel.«

»Ganz alleine? Der arme Kerl.«

»Tja, das Leid der Männlichkeit. Das würde hier zwischen den Stuten zu viel Unruhe geben.«

Cora nickte. Sie wusste um das Verhalten von Hengsten. Deswegen wurden die meisten männlichen Reitpferde ja auch kastriert. »Und gehen die auch auf Turniere, oder werden die nur im Wald geritten?«

»Die werden nur hier zu Hause geritten.«

»Darfst du sie auch reiten?«

Franco lachte. »Ja, und ob. Wenn ich es nicht tun würde …«

»Ist Robert Chevalier nicht auch Reiter?« Cora vermutete beim Anblick der Pferde, dass es der Hausherr des

Châteaus gewesen war, den sie neulich im Wald sah. Wäre sie doch nur dichter dran gewesen. So langsam war sie neugierig, wer da den Levalls gegenüber so viel Unfrieden stiftete.

»Doch, der reitet auch, aber wie ich schon sagte, der muss viel arbeiten. Hat ja noch den Wein und das alles.«

»Ach, da kommen doch bestimmt Arbeiter auf das Château, wenn Weinlese ist.« Sie erinnerte sich an Pascals Erklärung über die Abläufe.

Franco lachte und nickte. »Ja, das schon, aber er passt auch gerne selbst auf, was zwischen seinen Weinstöcken passiert.«

»Also ein Kontrollfreak.«

»Nein, der ist eigentlich ganz nett. Schade, dass er neulich bei dem Gespräch mit Mergot nicht dabei war. Vielleicht wäre es dann anders verlaufen.«

»Danke, Madame Chevalier hat mir gereicht. Einen Sohn brauch ich da wirklich nicht auch noch dabei.« Cora ging weiter zum nächsten Pferd. »Ist bestimmt eine schöne Gegend hier zum Reiten, oder?«

»Ja, am Strand und das ganze Waldgebiet.« Er deutete mit dem Arm einmal im Halbkreis.

Cora seufzte.

Franco sah sie einen Augenblick abschätzend an. »Hättest du Lust … Ich meine … ich könnte das sicher einrichten … Also wenn du einen Ausritt magst?«

»Wie, hier? Auf einem der Pferde?«

»Die sind lieb. Die Rivana da, die nehme ich, und du kannst die Lavina nehmen. Die ist ganz ruhig.«

»Ich weiß nicht, ich hab ewig nicht im Sattel gesessen.«

Er schmunzelte. »Das ist wie schwimmen, das verlernt man nicht.«

Cora spürte, wie ihr die Röte in die Wangen schoss. »Wenn du meinst … Aber kriegst du dann nicht Ärger?«

Franco winkte ab. »Nein, nein, ich nehme öfter mal zwei Pferde mit raus. Geht schneller, und Bewegung brauchen sie ja. Wir müssten uns zwar im Wald treffen, aber das würde gehen.«

Cora gab sich einen Ruck. »Warum nicht.«

Franco strahlte. »Gut, dann gleich morgen früh? Müssten nur etwas eher los.«

»Sag, wann und wo, und ich bin da.« Sie strich der braunen Stute, die sie morgen reiten sollte, über die Stirn. »Und du wirfst mich auch nicht ab, hörst du?«

Sie plauderten noch ein wenig über Pferde. Franco erzählte ihr, er sei auch auf dem Land groß geworden und habe als Kind ein Pony gehabt. Irgendwie kamen sie über das Thema Garten dann hin zum Wein.

»Ja, Pascal hat mir auch schon einiges über den Weinanbau erklärt. Eigentlich eine ganz interessante Sache. Ich hab mir da ja nie Gedanken darüber gemacht und das Zeug einfach gekauft.« War sie bei der Erwähnung von Pascals Namen schon wieder rot geworden? Franco sah sie so komisch an.

Sein Lächeln verschwand. »Ich weiß, du bist Gast bei den Levalls, und eigentlich sollte ich so was nicht sagen, aber nimm dich vor Pascal in Acht. Er … er ist …«

Cora ahnte, was er sagen wollte. »… ein Frauenheld.«

Er nickte. »Ich kenne ihn schon etwas länger, und er lässt – wie sagt man so schön – nichts anbrennen. Ich … ich möchte nicht, dass du … traurig nach Hause fährst, falls er schon … nett … zu dir war.«

Cora musste sich zusammenreißen, sich nichts anmerken zu lassen. Wenn Franco sie einfach so vor Pascal warnte, dann hatte sie mit ihrer Einschätzung recht gehabt. Und Franco war auf jeden Fall ein netter Kerl, der es gut mit ihr meinte.

»Schon gut, da ist nichts.« Sie versuchte, lässig abzuwinken. »Ich komm doch nicht nach Frankreich in den Urlaub und lass mich vom Nächstbesten um den Finger wickeln.«

Er lachte etwas gedrückt. »Na hoffentlich aber vom Zweitbesten. Der hat wenigstens ein Pferd anzubieten.«

»Dann muss der Zweitbeste sich aber ranhalten, in fünf Tagen steige ich wieder in den Flieger.« Sie stupste ihn freundschaftlich an. Er schien sie wirklich zu mögen. Das schmeichelte ihr mehr als wilder Sex am Strand. Am besten vergaß sie das ganz schnell. Sie spürte, dass sie sonst wirklich in Gefahr kam, Pascal womöglich nachzutrauern. Das fehlte ihr noch, dann nächste Woche im trüben London zu sitzen und sich nach einem Franzosen zu verzehren, der wahrscheinlich schon die nächste Touristin im Visier hatte. Sie bekam ein unangenehmes Ziehen in der Magengegend.

»Ich werde mich dann jetzt mal wieder davonschleichen. Wann treffen wir uns morgen? Um sieben?«

»Ja, um sieben. Geh da in den Wald, wo du von der

Domaine aus einen besonders hohen Baum aufragen siehst. Dort werde ich auf dich warten.« Er zwinkerte ihr verschwörerisch zu.

»Gut, ich werde da sein.« Sie strich zum letzten Mal über die weiche Pferdenase.

Als sie schon fast durch das Tor durch war, rief er noch mal ihren Namen. »Cora!«

Sie drehte sich um.

»Ich freue mich wirklich.«

»Bis morgen!« Sie lächelte ihm noch einmal zu.

Am Nachmittag saßen Valeska und Cora gemeinsam auf der Terrasse und schälten Kartoffeln, auch etwas, was Cora seit ewigen Zeiten nicht mehr gemacht hatte. In London lohnte sich das Kochen für eine Person meist nicht. Mittags hatte sie in dem Imbiss gegenüber der Redaktion etwas gegessen und abends auf dem Nachhauseweg irgendwo noch einen Snack mitgenommen. Jetzt mit dreckigen Fingern und einem Eimer zwischen den Knien hier zu sitzen und die Lebensmittel vorzubereiten, die sie später kochen und essen würden, hatte etwas Traditionelles, Beruhigendes.

Valeska hielt plötzlich inne und schaute einen Augenblick auf Coras Hände. »Wirst du dieses Jahr noch einmal zu uns kommen?«

Cora sah sie verblüfft an. »Weiß ich noch nicht. Ich muss erst mal einen Job finden, und dann ist die Reise ja auch nicht gerade günstig.« Sie hatte selbst noch nicht weiter drüber nachgedacht. Momentan hatte sie noch das Gefühl, sie hätte endlos Zeit an diesem Ort.

Valeska schälte weiter ihre Kartoffeln, etwas langsamer als zuvor. »Ich finde es nett, mal jemanden hier zu haben, der … der mir auch mal ein bisschen Gesellschaft leistet.«

Cora hielt einen Moment inne und sah liebevoll zu ihr hin. Valeska war hier sicher oft einsam, die Männer immer draußen und nur darauf bedacht, pünktlich Essen auf dem Tisch zu haben und stets saubere Wäsche. Für Maxime und Pascal war die Versorgung durch Valeska zu einer Selbstverständlichkeit geworden. Cora aber hatte so etwas schon seit Jahren nicht mehr genossen, außer in den wenigen Tagen, in denen sie ihre Eltern besuchte. Der leise Ruf nach familiärer Festigkeit hallte durch ihr Herz. Sie hatte noch kein Zuhause oder eine eigene Familie, aber sie war ja auch noch jung. Obwohl – einmal hatte eine Kollegin aus der Grafikabteilung sie schon sehr direkt darauf hingewiesen, dass ihre biologische Uhr ja auch schon laut ticken würde. Cora hatte dies mit einem entrüsteten Prusten quittiert. Gut, sie war keine fünfundzwanzig mehr, doch immerhin auch noch keine vierzig. Aber dicht dran, konterte sofort eine Stimme in ihr.

Gerade als sie die nächste Kartoffel aus dem Eimer fischen wollte, hörte sie ein Motorengeräusch jenseits der Domaine zwischen den Weinreben. Das war mit Sicherheit nicht der Trecker, und es war auch nicht das Wohnmobil.

Valeska schien Ähnliches zu denken und stand auf. »Jesus!«, entfuhr es ihr, und sie winkte Cora, ebenfalls aufzustehen.

Auf dem Grasweg zwischen den Rebstöcken schob sich unverkennbar ein Polizeiwagen durch das Grün.

»Ja was ist denn jetzt los?« Valeska schmiss ihr Schälmesser in den Eimer, raffte ihren Rock und marschierte los.

Cora tat es ihr gleich. Kaum waren sie der Spur des Wagens gefolgt, erblickten sie von der anderen Seite des Hügels kommend Maxime und Pascal, beide mit eiligen Schritten. Der Polizeiwagen war derweil am Wohnmobil der Davingtons angekommen.

Mrs. und Mr. Davington standen wie Gott sie schuf und sichtlich verblüfft vor ihrem Fahrzeug, als zwei Polizisten aus dem Auto stiegen.

Die andern vier kamen fast zeitgleich bei dem Schauspiel an. Der Polizist begann soeben dem englischen Pärchen einen Vortrag über französische Verhaltensregeln zu halten.

»Sie können hier nicht einfach so nackt campieren. Das ist Erregung öffentlichen Ärgernisses ...«

Mr. Davington hob sofort die Hand. »Moment. Erstens, dies ist kein öffentlicher Grund und Boden, sondern mein Grundstück. Zweitens kann ich auf meinem Grund und Boden machen, was ich möchte, solange es niemanden stört.« Er sah sich fragend um. »Stört es irgendjemanden? Nein? Gut. Also, was kann ich noch für Sie tun?« Das englische Fähnchen wackelte leicht bei der Aufregung. Cora musste sich ein Grinsen verkneifen, und Valeska neben ihr wusste gar nicht, wo sie hinsehen sollte.

Der Polizist, der gerade gesprochen hatte, bekam einen

knallroten Kopf. »Doch, es hat sich jemand beschwert.« Er wies mit dem Finger hinab zum Château.

Mr. Davington drehte sich volle Breitseite in Richtung des Hauses. »Sie wollen mir erzählen, dass man von da hinten meine kleine Männlichkeit erkennen kann?«

Jetzt sahen beide Polizisten abschätzend zum Château hinüber.

Pascal warf einen Blick zu Cora, und er schien sich auch zwingen zu müssen, ein ernstes Gesicht zu machen.

»Nun ja«, murmelte der zweite Polizist und warf erneut einen Blick auf Mr. Davington und dann auf die Rebstöcke vor sich, »man wird schon sehr genau hinsehen müssen, womöglich mit … einem Fernglas.«

Pascal entwich ein leises Prusten. Cora biss sich auf die Lippe.

Mr. Davington stemmte die Hände in die Hüften und reckte das Kinn. »Sie sagen mir also gerade, dass ich beobachtet werde? Dann möchte ich eine Anzeige machen. Also bei uns in England ist das verboten.«

Der Polizist winkte hektisch ab. »Nein, also … ich denke … Vielleicht war es ein Missverständnis.«

»Ich will gegen die Person Anzeige erstatten. Ich lasse mich doch nicht meiner Bürgerrechte berauben.«

»Das müssen Sie dann aber auf der Station machen. Wir … so mitten im Feld … können das nicht.« Der Polizist sah seinen Kollegen drängend an, und schon saßen beide wieder in ihrem Auto.

Als der Wagen rückwärts um die nächste Kurve verschwunden war, prustete Pascal los, und auch Cora konnte nicht mehr innehalten. Valeska und Maxime hingegen schüttelten die Köpfe.

Mr. Davington wandte sich seiner Frau zu. »So, Darling, und wir spielen jetzt weiter Karten. Und sitz gerade, wir haben womöglich Zuschauer.«

26

Isabel schaute aus dem Fenster, während Robert sich anzog. Prüfend sah sie auf seine Hose. »Willst du schon wieder reiten gehen?«

»Ja, die Pferde brauchen Bewegung. Könnt deinem auch mal wieder guttun. Franco muss ihm schon wieder die Beine bandagieren, damit sie nicht anschwellen.«

»Tagsüber ist es schon viel zu warm.«

»Dann sattel ihn halt mal morgens.«

»Da mache ich Yoga.«

»Yoga«, wiederholte er leise und schüttelte den Kopf.

»Das Ding da hinten steht ja immer noch.« Isabel deutete auf den weißen Punkt zwischen den Weinreben.

»Ich glaub auch nicht, dass die so schnell abreisen. Die haben sich da erst mal häuslich eingerichtet.«

»Aber Papa hat doch gestern die Polizei hingeschickt.«

Robert richtete sich ruckartig auf. »Der hat was?«

Isabel zuckte mit den Schultern und strich sich ihre Haare glatt. »Ja, weil die da nackt sitzen.«

»Das kann man von hier aus ja gar nicht erkennen, und außerdem ist das deren Land. Ich schätze, die dürfen da machen, was sie wollen.«

»Das werden wir ja sehen. Ich werde auf jeden Fall nicht abwarten, bis unsere Ferienhäuser stehen und meine Gäste dann auf englische Nudisten gucken müssen.«

»*Wenn* deine Ferienhäuser stehen, eines Tages mal.«

Jetzt war sie es, die sich schlagartig zu ihm umdrehte. »Siehst du, da ist es wieder. Ich glaube, du stellst dich inzwischen dagegen.«

»Isabel, ich habe riesen Ärger mit den Nachbarn, und vergiss nicht, wir sind schon einige Jahrhunderte Nachbarn, ich habe Ärger mit der Gemeinde, ich habe Ärger mit dem Landwirtschaftsamt. Soll ich weiter aufzählen? Ihr macht hier alle Pferde scheu mit dem Zirkus, und ich muss überall besänftigen.«

Isabel schüttelte den Kopf. »Du sollst niemanden besänftigen, du sollst sehen, dass wir diesen Levall loswerden. Deine Mutter ist auch der Meinung ...«

»Meine Mutter versucht seit vierzig Jahren, den Levall loszuwerden, warum auch immer. Das hat sie unter Vaters Leitung nicht geschafft, unter meiner wird sie das auch nicht.«

»Du willst also die Domaine schützen. Und wo sollen wir dann hin? Glaubst du, ich will mein Leben lang mit deiner Mutter unter einem Dach wohnen?«

Robert biss sich auf die Zunge, um jetzt nichts Falsches zu sagen.

»Isabel, wir werden für alles eine Lösung finden. Aber manchmal gehen die Dinge hier nicht so schnell, wie dein Vater und du es gerne möchtet.«

»Ja, weil man sich hier um alles selber kümmern muss.« Isabel rauschte an ihm vorbei ins Bad.

Robert fasste sich an die Schläfen. Er hatte sich den Beginn dieses Tages irgendwie anders vorgestellt.

Im Stall kam er etwas zur Ruhe. Er freute sich auf seinen kleinen heimlichen Ausritt mit Cora, auch wenn das Lügengespinst zwischen ihm und ihr einen schalen Beigeschmack hinterließ. Franco sah ihn fragend an, als er zwei Pferde sattelte. Da er aber am gestrigen Tag schon sein Auto hatte abgeben müssen und überraschend einen halben Vormittag freibekommen hatte, fragte er erst gar nicht, was Monsieur vorhatte. Robert warf ihm nur einen warnenden Blick zu, als Isabel etwas vom Stall entfernt zu ihrem Auto ging.

Franco nickte. »Sie haben ein Pferd zum Reiten mitgenommen, und das andere steht heute auf der Koppel im Wald, falls jemand fragt.«

Robert lächelte. »Danke, Franco. Wenigstens einer hier versteht mich.«

Keine zehn Minuten später war er im Wald bei dem hohen Baum angekommen. Cora stand bereits dort und wartete.

Sie sparten sich eine lange Begrüßung, ein kurzer Blick reichte.

»Du kannst gleich aufsteigen. Soll ich dir helfen?«

»Nein, geht schon, halte sie bitte nur kurz fest.« Cora setzte einen Fuß in den Steigbügel und saß bereits oben. Dann zog sie alle Gurte fest, nahm die Zügel auf und nickte. »Kann losgehen, bevor uns noch jemand sieht.«

Robert ritt voran. Er wusste, dass Coras Stute seinem Pferd überallhin folgen würde. Und brav war das Tier auch.

Eher war es Rivana, die etwas nervös wurde, weil sie so lange kein zweiter Reiter begleitet hatte.

Er wählte einen einfachen Weg, breit genug, um auch nebeneinander reiten zu können. Cora machte eine gute Figur im Sattel. Sie saß die Bewegung des Tieres geschmeidig aus, klammerte weder am Zügel noch drückte sie zu stark mit dem Schenkel.

»Sieht gar nicht so übel aus, aber du wirst morgen Muskelkater haben.«

Cora strahlte einfach nur. Robert musste lachen. Das machte einen echten Reiter aus, das pure Glück, einfach nur solch ein edles und kräftiges Tier unter sich zu spüren.

Sie überquerten die Straße und ritten in die Dünen. »Wollen wir ein kleines Stück traben?«

»Klar!«

Auch dies klappte ohne Probleme. Robert schlug also ohne weiteres Nachdenken den Weg zum Strand ein. Als Cora bemerkte, was er vorhatte, schloss sie zu ihm auf. »Hey, aber nicht so schnell.«

»Keine Sorge.«

Rivana regte sich etwas auf, als sie nicht wie gewohnt gleich angaloppieren durfte, als ihre Hufe den weichen Strandsand berührten. Lavina hingegen schaute etwas verdutzt, denn sie war schon einige Wochen nicht mehr diesen Weg gegangen.

»Okay?«, rief er gegen den strammen Wind an, der heute über das Wasser fegte.

»Okay!«

Er ließ seine Stute in einen lockeren Trab fallen. Cora

hielt locker mit ihm mit. Durch ein Nicken signalisierte er ihr, dass er jetzt angaloppieren würde. Da seine Pferde ihn kannten, wäre das Wort Galopp schon zu viel, und sie würden lospreschen. Also gab er Rivana mit dem Schenkel das Zeichen, schneller zu werden, und sie sprang artig an. Lavina hingegen machte einen kurzen verblüfften Bocksprung, als Cora es ihm gleichtat. Cora stieß aber nur ein freudiges Lachen aus und blieb ohne weiteres im Sattel. Einige hundert Meter galoppierten sie verhalten nebeneinander her. Dann wurde Cora mutiger und gab ihrer Stute die Zügel frei. Lavina, froh, sich endlich mal wieder richtig strecken zu dürfen, sprang mit mächtigen Galoppsprüngen davon. Robert ließ sich dieses Angebot nicht zweimal machen. Ein Zungenschnalzer, und auch Rivana legte sich gegen den Wind. Wasser spritzte empor, wenn die Pferde die Wellen kreuzten. Cora hatte den Blick aufmerksam nach vorn gerichtet. Mit feinen Hilfen lenkte sie Lavina über kleine Unebenheiten, ohne dabei an Tempo zu verlieren. Ihr eben noch geknotetes Haar löste sich und flog im Gleichtakt mit der Mähne des Pferdes.

Robert hatte einen Moment nur Augen für sie. So eine Frau hatte er immer gesucht. Sie war diejenige, mit der er endlos weitergaloppieren wollte, kostete es, was es wolle.

27

Coras Herz schlug noch wie wild, als sie schon längst den Strand hinter sich gelassen hatten. Immer wieder klopfte sie der Stute den Hals. »Braves Mädchen.« Glücklich sah sie zu Franco. »Danke!« Sie musste schlucken, um nicht sogar ein Tränchen zu vergießen. Das war es, wonach sie sich jahrelang gesehnt hatte. Er hatte ihr diesen Traum erfüllt. Und, musste sie sich heimlich eingestehen, das war das schönste Erlebnis, das sie in diesem Urlaub gehabt hatte.

Noch einmal atmete sie tief den Geruch des verschwitzten Pferdes und des Salzwassers ein, das noch an seinem Fell klebte. Dann waren sie schon wieder an der Stelle, an der sie sich getroffen hatten.

Cora sprang behende vom Pferd, merkte aber, wie ihre Beine einen kurzen Augenblick zitterten.

»Alles okay?«, fragte Franco.

Er hatte sie schon die ganze Zeit mit so besorgtem Blick verfolgt, dass Cora Angst gehabt hatte, er würde sie nicht schneller reiten lassen.

»Alles okay. Etwas weiche Knie, aber es geht«, antwortete sie atemlos.

Franco nahm Lavinas Zügel. »Hat mich wirklich gefreut, Cora. Wiederholen wir das noch einmal, bevor du fährst?«

»Noch bleiben vier Tage. Du kannst dich ja melden.«

»Mach ich.«

»Jetzt bring die Damen nach Hause, sie schwitzen noch.« Sie gab Lavina einen leichten Klaps zum Abschied und wartete, bis Franco am Rand der Weinfelder verschwunden war. Dann wankte sie langsam in Richtung Domaine. Etwas weiche Knie waren untertrieben gewesen. Ihre Beine fühlten sich an wie Pudding. Je näher sie dem Haus kam, desto mehr versuchte sie, sich zu straffen. Niemand sollte merken, was sie getan hatte. Doch gerade als sie über die Terrasse lief, um zu ihrem Zimmer zu gelangen – sie hatte die Tür am Morgen angelehnt gelassen, damit niemand mitbekam, dass sie sich davonschlich –, kam Pascal aus der Küche gestürzt.

»Bist du eigentlich bescheuert?«, fuhr er sie barsch an.

Cora blieb verdattert stehen und sah ihn verblüfft an. »Was …?«

»Du gehst mit dem Kerl seelenruhig ausreiten? Hast du ihm etwa auch schon das Grundstück gegeben?«

Hinter Pascal schob sich Valeska mit Maxime durch die Tür. Beide sahen Cora strafend an.

»He, Moment! Was hab ich denn getan? Ich war mit Franco ausreiten. Er hat doch mit alldem gar nichts zu tun.«

»Franco?« Pascal lachte auf und schüttelte den Kopf. »Hat er dir gesagt, sein Name sei Franco?«

»Ja, wieso?« Cora verstand jetzt nichts mehr.

»Das«, Pascal deutete in die Ferne, wo das Château de Mérival lag, »war Robert Chevalier, und wenn er dir gesagt hat, sein Name sei Franco – sein Gärtner heißt Franco.« Er schüttelte erneut mit dem Kopf. »Da hat er dich ja prima hinters Licht geführt. Hat er dich vielleicht auch gleich noch ein paar Sachen gefragt, was wir hier so vorhaben und so?« Pascal fasste sich an die Stirn. »Mensch, Cora, wie kann man denn so doof sein!«

Cora fühlte sich, als würde der Boden unter ihr schwanken. Valeska sprang an ihre Seite und hielt sie. »Ich … ich hatte doch keine Ahnung. Er hat gesagt … er würde da arbeiten … und …«

28

Cora blickte aus dem Fenster des Fliegers. Pascal hatte sie schweigend zum Flughafen gefahren. Gleich nach der Auseinandersetzung mit ihm hatte sie ihre Sachen gepackt.

Sie ärgerte sich über sich selbst. Wie konnte sie nur so blind gewesen sein. Franco oder besser gesagt Robert war so nett zu ihr gewesen. Sie hatte wirklich das Gefühl gehabt, er würde etwas für sie empfinden. Dass er sie so hintergangen hatte.

Cora spürte, wie ihr die Tränen in die Augen schossen. Unter ihr sah sie, wie die Gironde sich von Bordeaux aus Richtung Meer wandte. Sie sah den langen Strand am Atlantik, sah den breiten Wald hinter den Dünen, erinnerte sich an den schnellen Galopp über diesen Sand. War all dies nur eine Farce gewesen, ein Schauspiel, um sie um den Finger zu wickeln?

Sie sah die Landzunge des Médoc schmaler werden und den einsamen Leuchtturm im Meer vor der Flussmündung stehen.

Genauso einsam würde sie heute Abend wieder in ihrer Wohnung in London sitzen. Sie hatte alle Menschen, die sie in den letzten vierzehn Tagen lieb gewonnen hatte, enttäuscht. Und der, den sie am meisten gemocht hatte, hatte *sie* enttäuscht. Es war ein Fehler gewesen, diesen Urlaub anzutreten.

Erschrocken bemerkte sie, wie es in ihrer Tasche vibrierte. Sie hatte ganz vergessen, ihr Telefon auszuschalten. Hastig fingerte sie es hervor. Die Dame auf dem Nachbarsitz warf ihr einen bösen Blick zu.

Schnell schaute sie auf die Nachricht. Sie hatte Ivy geschrieben: »Ich komm heute nach Hause, holst Du mich ab?«

Und Ivy hatte geantwortet: »Bin da, Schätzchen, melde Dich einfach!«

Cora warf einen letzten Blick auf die Nordspitze des Médoc. Dann schwenkte der Flieger, und es ging auf England zu.

*Die Fortsetzung der romantischen, dramatischen
Familiengeschichte vor der farbigen Kulisse
der Weingüter im Médoc*

Julie Briac

Château de Mérival

Der Traum vom Glück

Roman

Endlich geht es weiter mit dem Familiendrama um zwei verfeindete Familien im Weinanbaugebiet Médoc im Südwesten Frankreichs!
Die junge Cora ist enttäuscht vom Winzer Robert, der doch nur an ihrem Land interessiert zu sein scheint. Sie ahnt nicht, wie verzweifelt seine Lage auf dem Château de Mérival ist und welch dunkle Geheimnisse sein und Pascals Leben bestimmen. Bevor Robert die Gelegenheit hat, Cora seine Gefühle zu gestehen, geschieht ein schreckliches Unglück …

*Der dritte und letzte Teil der großen romantischen
und dramatischen Familiengeschichte*

Julie Briac

Château de Mérival

Das Ende der Sehnsucht

Roman

Wird das Rätsel um das Familiendrama um die Winzer-Familie und ihr Weingut Mérival endlich gelöst?
Die junge Engländerin Cora beschließt, endlich die Wahrheit über die Fehde zwischen den beiden Winzerfamilien im Médoc herauszufinden.
Was sie dabei erfährt, lässt sie nicht nur erkennen, wem ihr Herz gehört, sondern auch einen Weg finden, endlich mit der Vergangenheit abzuschließen.

Ein turbulenter Kunst-Krimi um einen angeblichen Matisse und der vierte Fall für die Provence-Kommissarin Isabelle Bonnet

Pierre Martin

Madame le Commissaire und das geheimnisvolle Bild

Ein Provence-Krimi

Im Dörfchen Fragolin in der Provence herrscht Urlaubsstimmung, Kommissarin Isabelle Bonnet genießt das süße Nichtstun und das ein oder andere Glas Rosé zur lauen Abendstunde. Ein Besuch in einer Galerie, zu der sie den Kunstsammler Rouven Mardrinac begleitet, könnte das Sahnehäubchen auf der Aprikosen-Tarte sein. Doch Rouven brüskiert den Galeriebesitzer schon nach wenigen Minuten mit der Behauptung, der stolz zur Schau gestellte Matisse sei eine Fälschung. Ein eilig herbeigerufener Sachverständiger macht eine schockierende Entdeckung: Unter der Oberfläche des Bildes verbirgt sich ein verzweifelter Hilferuf – und schon befindet sich Madame le Commissaire in ihrem nächsten Fall …